골짜기의 백합

호소다 덴조 · 한성례 옮김

서정시학

봄의 끝자락에서 우리는 깨달았다

어린 잎새 위에서 고물거리던

그 투실하고

아름다운 초록빛 벌레가

슬프게도

결국은 나비로 탈바꿈한다는 사실을

— 「나비의 행방」 부분

골짜기의 백합

谷間の百合

호소다 덴조(細田傳造) 지음

한성례 옮김

시인의 말

　시는 재미있다.

　시와 씨름하는 일이 유희를 하듯 즐겁다.

　누르고 누르다 보면 손가락 사이에서, 또는 행간에서 흘러넘치는 것이 있다.

　내 시에서 살이나 혈관 같은 것이 만져졌으면 한다.

　무엇을 썼는지보다는 무엇을 쓰지 않았는지가 더 중요하다.

　말랑말랑한 시어를 주무르다 보면 신기하게도 강한 힘이 느껴진다.

2014년 9월 30일

호소다 덴조

차 례

제 1 부 골짜기의 백합

제2부 피터 래빗

제3부 유년 시절

제 1 부 골짜기의 백합

골짜기의 백합

a.m. 11:56 리스토란테 디 카를로가 문을 열었다
창문이란 창문은 온통 백합꽃으로 가득하다
들어가 보니 테이블에도 백합꽃 꽂꽂이
장례식장 같다
안내해준 자리에서 꽃잎 색깔을 세어본다
하양
분홍
빨강
주황
웨이트리스가 주문을 받으러 왔다
빨간 입술이 반짝인다
꽃그늘에 떠오르는 오쿠리비
웨이트리스의 입술을 세어본다
앵(un)
되(deux)
트루아(trois)
카트르(quatre), 넷
네 명이다 네 마리의 도깨비불

주문하시겠어요?

채근하기에 메뉴를 본다

검은 백합

골짜기에 자생하는 검은 백합이 좋다

검은 백합과 앤초비 스파게티 말씀이죠

뭐든지 괜찮아요

천창에 비치는 작은 구름을 올려다보노라니

얼른 이 가게를 나가고 싶어졌다

여기는 한성(漢城)의 새로운 마을(新村)

새로운 마을에 자리잡은 여자대학이 가깝다

그 여자대학 교정의

오래된 배나무에 피어 있을

하얀 꽃이 보고 싶어졌다.

<옮긴이 주>
* 리스토란테 디 카를로(Ristorante di Carlo): '카를로의 식당'을 뜻
하는 이탈리아어.
* 오쿠리비: 일본에서 죽은 사람을 집에서 내보낼 때 문에서 피우는 불.

장수잠자리

팔월이 와서
가케루와 둘이서 물가를 걷고 있노라면
꼭
잠자리 한 대가 급강하해 옵니다
양쪽 네 장의 날개를 펼쳐
우리의 머리 위를 스쳐
날갯소리를 내며 멀리 저 하늘로 사라져갑니다
결코
우리가 잠자리 노래를 부른 건 아니었습니다
잠자리의 목소리를
잠자리의 목소리를 듣고 싶다고 생각했던 겁니다
드디어 오늘
가을이 시작된 날
거대한 놈 한 대가
거대한 그늘을 드리우며 내려왔습니다
요놈은 뾰족한 꼬리의 끝으로
내 오른쪽 눈을 찌르고
가케루의 얼굴 앞에서 멈추었습니다

마침내 정지 비행입니다
마침내 가케루는 보았습니다
거대한 장수잠자리 겹눈 속 조종석에서
두 명의 소인 병정이 말을 걸어오는 것을

긴 시간이 흐른 것 같았습니다
사실은 5초 정도 눈싸움을 했고
장수잠자리는 숲으로 돌아갔습니다
잠자리의 목소리를 들었다고 가케루가 중얼거립니다
할애비도 들었단다
그때
숲에서 피리 부는 소리가
흥겨운 악대의 연주 소리가
아이의 울음소리에 섞여 들려왔습니다

<저자 주>
* 가케루 : 2006년에 태어난 내 손자 이름.

이와네사와

유월의 토요일 오후

구름 때때로 안개비

산골 마을 냄새가 난다

비 냄새가 난다

산기슭 무논의 물 냄새가 난다

습한 흙냄새가 난다 젖은 풀냄새가 난다

발정하는 계절이다

반가운 냄새

반세기 전 도쿄 근교에서도

오월이 되면

이런 냄새가 났다

정자(精子) 냄새다

이제 됐다

어딘가에 모더니즘의 꽃냄새는 없을까

농가의 마당 끝에 붉은 장미가 피어 있다

나는 그 꽃을 향해 달려갔다

얼굴을 갖다 대니

아니나 다를까 역시 강한 귀부인 같은 향기다

저는

이렇게 많은 올챙이는

처음 보았어요

무논 쪽에서 도쿄에서 온 여자의

낮은 목소리가 들려온다

<저자 주>
* 도쿄(東京): 일본의 수도.
* 이와네사와(岩根沢): 야마가타현 니시무라야마군 니시카와초 다이지
  이와네사와(山形県西村山郡西川町大字岩根沢). 일본 현대시의 한 축
  을 구축한 시키파(四季派)의 대표적인 시인 마루야마 가오루(丸山薫,
  1899-1974)의 기념관이 있는 곳이며, 시비보존회 총회 행사가 2011
  년 6월에 열렸다.

오월의 바람

오월의 바람이 상쾌하다
이유를 고원에게 물어보러 간다
오늘 기타간토는 흐림
오월은 흐린 날이 좋다
바람이 배회하는 땀을 식혀준다

밭두렁 가에 민들레가 줄지어
늠름하게 서 있다
나도 성실하게
민들레 열매의
갓을 밟아준다
하나하나 소중하게 밟는다

어린 시절부터 계속 그래왔다
솜털은 기쁜 듯 춤추고
노란색 꽃잎이 깔깔대며 웃는다

오월의 바람을 타고

마을 사람들의 낮은 목소리가 들려온다
쯧쯧 불쌍해라 치매 걸린 사람이 지나가고 있어
여기는 마에바시에서 가까운 마을
오월의 바람에 사람들은 상냥하다
왜일까?

<저자 주>
* 기타간토(北関東): 일본 혼슈(本州) 동부에 위치한 수도 도쿄 주변
을 일컫는 간토지방의 북쪽 지역.
* 마에바시(前橋): 기타간토에 속하는 군마현(群馬県)의 중심도시이며
현청 소재지.

고향의 산에 오르다

산기슭 마을에서
무화과를 먹으라고 권한다
설탕 넣은 우유처럼 애매한 맛
맛있어요? 하고 물어보기에
애매하게 *끄덕*인다

월출산을 오르기 시작했다
바위 표면을 가르고 서 있는 나무는 무슨 나무인가
석류다
예전에 가이 지방에서 먹어본 적이 있다
맛보세요 일행이 말한다
적포도주 같은 과즙을 빨아먹는다

차츰 산이 깊어졌다
발길 닿는 곳마다
길가에 꽃이 피어 있다
노란 꽃의 이름을 묻는다
모른다고 답한다

하얀 꽃의 이름을 묻는다
몰라요
꽃잎이 다섯 장인 이 분홍색 꽃 이름은
몰라요
나지막이 넘노는 작은 갈색 새의 이름을 묻는다
몰라요
어디라도 널려 있는 것들이에요

산이 차츰 험해졌다
숨이 차서 돌 위에 앉는다
괜찮아요?
고개를 젓는다
원기 회복 원기 회복
중얼거리며 일행 중 한사람이 높은 나무에 오른다

거침없이
익은 열매를 딴다
빙긋 웃으며 어서 먹으라고 한다

기다란 보라색 열매

속살은 두껍고 흰 반투명

갈라진 틈에서 검은 알갱이가 유혹한다

먹어본다

달다 애달픈 맛이 난다

〈저자 주〉
* 월출산(月出山): 전라남도 영암군과 강진군 사이에 있는 해발 고도 809m의 산. 암석이 대부분인 지형 특성상 독특한 생태계를 이룬다. 조선시대 문인 김시습이 수려한 풍광을 극찬했으며 현재도 달맞이 명소로서 손꼽힌다.
* 가이(甲斐) 지방: 야마나시현(山梨県)의 옛 이름.

파란 장미

유월
사에키 씨 집 정원에
장미가 시들어갑니다
파란 꽃잎이
벌어진 채
봉오리진 채 시들어갑니다
유월
사에키 씨 집 정원에
시들어버린 장미가
냄새를 풍기기 시작합니다
비가 내리면
파랗고
무거운 냄새가
빗물에 녹아 길가로 흘러
역을 향해 발걸음을 재촉하는 내 코를
찌릅니다
파란 장미만 재배하는
파란 장미만을 끝없이 재배하는

사에키 씨 부인을 본 적이 있습니다

<옮긴이 주>
* 사에키의 일본어 원어: 佐伯

까치

까치의 고향인
오와다에
인공호수를 만들었다
물은 아야세강에서 끌어왔다

재빠르게
호수에 배를 띄운 녀석들이 있다
기요도무라에 사는 이 씨다
파란 배를 띄운 사람은 신고무라에 사는 김 씨다

작부를 거느리고
방울을 울리며 탁주에 취해
빙글빙글 돌았다

해가 지자
수면에 까치가 내려앉았다
나는

호숫가에서 원추리 뿌리를 질겅거리며

달과 놀았다

<저자 주>
* 오와다(大和田): 사이타마현 기타아다치군(埼玉県北足立郡)에 속한 지명.
* 아야세(綾瀬)강 : 사이타마현과 도쿄를 흐르는 강.
* 기요도무라(清戸村): 사이타마현 니자시(新座市) 일부의 옛 이름.
* 신고무라(新郷村): 사이타마현 도코로자와시(所沢市) 일부의 옛 이름.

소란스런 하늘

어렸을 적에는
높은 하늘을
본 적이 없다
높은 하늘이 있었나
하늘은 있었다
분명 있었다
6월, 제비가 오가는 하늘은 있었다
날이 저물면
박쥐가 울고
모기 떼가 춤추는
제법 소란스런 하늘은 있었다

높은 하늘을 본 적이 없다
가끔 비행기가
힘차게 날아올랐지만
전선 위에서 사라졌다

높은 하늘을 본 적이 없다

단층집이 늘어선 강변 마을에서
높은 하늘을 본 적이 없다

빛나는 늪

이 늪의 수면은
어찌 이리 환할까요
달이 뜨지 않는 밤에 와서 봐도
어찌 이리 환할까요
요노마치와 우라와에 정전사태가 일어났던 그 밤도
이 늪의 수면은
이렇게 파르라니 빛났답니다
그날 밤 늪에는
근처 벌판에서 들개들이 잔뜩 몰려와
물을 마시고 있더군요
들개의 눈이 붉게 흔들리고
수면은 푸르게 빛났지요
대지가 흔들리던 그날도
우리는
검은 눈망울의 사슴이 되어
유채꽃을 뜯으러 왔는데
이 늪에도 슬픈 바람이 불어와
수면은

물결이 일렁일렁 높아졌다 낮아졌다

진해졌다 연해졌다

깊어졌다 얕아졌다를 반복하며

푸르게 빛나고 있었습니다.

<옮긴이 주>

* 요노마치(与野町) : 2001년 요노시(与野市), 우라와시(浦和市), 오오
  미야시(大宮市)가 사이타마시(埼玉市)로 합병되어 현재는 중앙 구에
  속해 있다. 요노시 지명은 사라지고 역, 공원 등 시설 이름만이 남
  아 있다. 그 중 우라와시는 사이타마시청과 사이타마 현청이 있는
  행정의 중심지이자 주요 상업지구이다

개똥지빠귀

마침내 와주었구나 개똥지빠귀야
날이 추워진 후로
여기저기서 널 보았지만
내 앞을 그냥 지나쳐
종종걸음으로 길을 건너
가기 술집으로 갔지
나는 다마 술집 아저씨야
꽃을 걸어놓을게
이중 삼중으로 걸어놓을게

요즘 들어서는 매일 오는구나
하루에도 몇 번씩 오는구나
조금 노래하고
살짝 춤추고
찍찍 울고서 달아났다가
곧 다시 돌아온다
홀로 길을 가는 개똥지빠귀야

요즘은 남자친구와 같이 오는구나
둘이서
시주를 받아 물고 사라진다
머지않아 태어난 곳으로 돌아가겠지
새끼를 낳으러
거무스름한 앞섶이 부풀었다

엄마가 되겠구나
너도 여자구나
따스해 보이는
배가 불러 있는 새야

<옮긴이 주>
* 가기 술집 원어: 鍵屋.
* 다마 술집 원어: 玉屋.

늑대소년

할부지 같이 놀아요
가케루가 왔다
그래 놀자구나 프로레슬링 놀이하며 놀자
싫어 프로레슬링은 안 할래
달아나는 가케루를 붙잡아
4자 꺾기를 시도했다
가케루의 오른다리에 기술을 걸었다
시합이 끝나고 날이 저물어
오른쪽 다리를 절며 가케루는 돌아갔다

실컷 소년을 괴롭힌 덕에
나는 금세 깊은 잠에 빠졌다

초원에 바람이 불어왔다
하늘에 성운이 흔들린다
멀리서 가케루의 목소리가 들려온다
할부지 늑대가 왔어
갑자기 짐승의 냄새가 지면에 퍼진다

앗!

도망치는 나를 붙잡고

가케루는 나를 물어뜯었다

오장육부를 먹어치우고 피를 핥는다

넌 블래시냐?

어둠 속에서 가케루의 눈이 파랗게 빛났다

복수하는

늑대의 눈이 빛나고 있다.

<저자 주>

* 4자 꺾기(figure four leg lock) : 프로레슬링의 관절꺾기 기술 중
  하나. 상대의 다리를 숫자 '4'자처럼 꺾은 뒤 다리 근육을 이용해
  상대의 다리에 압박을 가한다.

* 프레디 블래시(Freddie Blassie, 1918~2003): 미국의 프로레슬러.
  1950~1960년대에 활약한 악역 전문 선수 중 한 명이다. 상대를 물어
  뜯는 반칙 기술이 주특기여서 1962년 일본에서 역도산(力道山, 1924
  ~1963)과 대결 중 이마를 물어뜯어 유혈 사태가 벌어지기도 했다.

꽃싸움

비닐 같구나
화분에 심어둔 난의 꽃잎을 손끝으로 만졌더니
만지면 안 돼
손자 녀석이 정색하고 다그친다

어린아이와 노인의 말싸움이 벌어졌다
꽃은 만지면 안 돼
왜 안 되는데?
만지면 떨어지잖아
어차피 언젠가 꽃은 져

물을 잘 주면 지지 않는대
엄마가 가르쳐줬어
언젠가는 떨어져
떨어지지
않는다
니까!

우리들의 말싸움은 끝이 없다

말려 줄 사람도 없다

사치코가 없다

<옮긴이 주>
* 사치코(幸子) : 호소다 덴조 시인의 며느리 이름. 손자 가케루의 엄마.

해가 시들고

오늘 유치원에서 잔뜩 어질러서
시오리 선생님께 꾸지람 들었어
가케루는 어두운 얼굴로 집에 돌아왔다
슬퍼서 그래?
표정을 살피며 묻는 나를 보고
가케루는 얼어붙었다
슬픈 게 뭐야?
얼어붙은 얼굴이 묻고 있다
대답을 못하고 나도 얼어붙었다

우리들의 강물이 얼어붙었다
우리들의 연못이 얼어붙었다
슬픔 같은 단어는 사용하는 게 아니었다

할부지 자스코에 가아
키즈랜드에 가아
우리들의 강물이 흐른다
이제 슬픔 같은 가정법 미래완료형은 쓰지 않으리라

대형상업시설 자스코 옥상 주차장에 도착하니

북쪽 하늘에 떠 있는 구름이 어둡다

서쪽 하늘 구름이 빨갛다

하늘이 시들고 있어 할부지

그래 할아버지처럼 해가 시들고 있구나

이제 무슨 뜻인지 모르는 말은 하지 마

자스코 3층에 있는 어린이 나라에서

가케루가 잔뜩 어지른다

내가 정리한다

겨울이 되면

가케루와 후쿠로다노타키 폭포를 보러 가야지 생각한다

얼어붙은 폭포

<옮긴이 주>

* 자스코(JUSCO): 일본의 대형 할인점. 2011년 이후 이온(AEON)으로 합병되었다.

* 후쿠로다노타키(袋田滝) 폭포: 일본 이바라키현 구지다이코마치(茨城縣久慈大子町)에 있는 폭포. 게곤노타키(華嚴滝), 나치노타키(那智滝)와 함께 일본 3대 폭포이다.

프리치나

싸우자!
폭탄을 겨드랑이에 끼고 가케루가 다가왔다
눈이 이글이글 빛난다
아, 전쟁은 이미 시작되었구나
피할 틈도 없다

역 앞의 아파트 단지 안 어린이 운동장에서
우리는 싸웠다
가케루의 폭탄이 날아온다

잡아라! 떨어뜨리면 폭발할 거야
가케루의 비명이 날아온다
떨어뜨리지 마, 할부지! 폭발하면 죽어
계속해서 폭탄이 날아온다
아빠폭탄이 날아온다
엄마폭탄이 날아온다
누나폭탄이 날아온다
가케루의 마음이 날아온다

핵탄두 같은 가족의 정념이 날아온다
폭탄에 맞아 죽을 순 없어
받고 받아서
되 던진다 몇 번이고 몇 번이고 되 던진다
폭탄을 받은 손바닥이 타들어간다
폭탄을 받은 가슴이 아프다
팔에 피가 배어 있다
가케루를 보니 이마에 불이 붙었다
왼쪽 다리가 부러졌다
눈물이 흐르고 있다
더는 못 싸우겠다
결국
무터! 하고 가케루가 울음을 터뜨려
우리의 전쟁은 끝났다

할부지 힘세다
너도 힘이 세졌어
역 앞의 아파트 단지 안 어린이 운동장에

오후의 햇살이 따사롭다
잘 싸웠으니 상으로 할부지한테
프리치나 줄게
프리치나가 뭐야?
내 보물, 엄마가 버린 반지
내 비밀 기지에 숨겨뒀어
할부지한테 내 프리치나 줄게

〈저자 주〉
* 무터(Mutter): 독일어로 엄마.
* 프리치나: 플래티나(백금)를 발음한 가케루만의 말투.

저기요

고향에서 여섯 밤을 잤더니
말을 잊었다
나는
고향 말을 할 줄 모른다
고향 사람들은 일본말을 할 줄 모른다
배가 고프면 저기요 하며 울상을 짓고
졸리면 우우 신음했다
나는 개와 고양이와 함께 셋이서 잠을 잤다
박 씨네 며느리가 물과 음식을 가져다주었다
어제부터
백합 뿌리 썩은 냄새가 난다
교미하고픈 순수한 이성들이 들판에 가득해서
형이상학에 대해 생각했다
우리가 죽어
육체가 썩어 없어지면
영혼도 소멸할까
아니면
우리의 육체가 흙덩어리에 스미어

검은색과 회색의 줄무늬 모양으로 남듯이
영혼도 흉터가 되어
고향의 석양 속을 영원히 떠돌까
그럴까? 고양이야
야옹. 고양이는 무심한 소리로 응수한다
우우. 개는 낮게 짖고는 입을 다문다
나는 초가집에서 기어 나와
박 씨네 며느리의 엉덩이를 뒤쫓는다
저기요 저기요 하며 울상을 지으면서

겨울 물가

파도가 쏴아 하고 물러가자
모래사장에
가케루가 잽싸게 글씨를 쓴다
할부지
배운 지 얼마 안 된 히라가나
파도가 몰려와
산양 할아버지를 지우고 간다
할머니라고 쓴다
파도가 잽싸게 지우러 온다

소용돌이 모양의 양도
밀려오는 파도를 당해내지 못한다
미유 유타
가케루가 다니는 목장의
새끼 양들마저도 지우고 간다
바람이 불어왔다
해가 기울었다
이제 그만 놀자

마지막으로

똥이라고 쓰고

파도를 때리면서 깔깔대며 웃는다

옷이 흠뻑 젖었다

이제 그만 방으로 돌아가자

노인의 손을 잡아끄는 어린아이여

착하구나

마리아님이라고는 쓰지 않는구나

성모에 다니는 아이여

<저자 주>
* 성모(聖母): 가케루가 다니는 가톨릭계 성모 미도리유치원.

비행기는 높이 날지 않는다

비행기 날리자
그래 날리자
밖에서 날리자
그래 공터에서 날리자
공터가 어디야
밖을 말하는 거야

스타이렌 수지로 만든 글라이더를 들고
각자 좋아하는 비행기를 날리러 간다

늦가을 드넓은 하늘을 향해 슛 하고 날린다
우리는 높이 날리려 한다
가케루의 비행기는 히노마루
내 비행기는 하켄크로이츠
보이지 않는 적을 향해 날아간다
높이 날지는 못 한다
우리의 비행기는 낮게 날아
소나무 그루터기 위에 떨어진다

한 번만 더 한 번만 더 날리자

아아, 이번에는 높이높이 나를 거야

가케루의 비행기와 내 비행기

몇 번이고 몇 번이고 날아오르지만

금세 그루터기 위에 내려앉는다

제군들 좀 더 힘내라구!

초원에 호령이 울려퍼지고

몇 번이고 비행기를 날린다

높이 날리려 한다

비행기는 높이 날지 않는다

<옮긴이 주>
* 히노마루(日の丸): 일본의 국기. 일장기.
* 하켄크로이츠(Hakenkreuz): '갈고리 십자가'라는 뜻을 가진 독일 나
  치스의 휘장.

조케산 간논지 절 경내

경내에

빨갛게 맨드라미꽃이 피어 있다

노란 국화꽃이 피어 있다

큰 화분에 창포가 피어 있다

절 뒤뜰에

하얀 꽃이 흐드러지게 피어 있다

꽃 이름을 물으니

사와코

꽃 이름은 사와코

주지스님이 하늘을 보며 대답한다

주지스님의 아내 이름과 같다

그의 승복이 주홍빛으로 타오르고 있다

<옮긴이 주>
* 조케산 간논지(浄華山觀音寺): 일본 불교의 가장 큰 교파인 정토진종의
  사찰 중 하나이며, 아미타 부처만 믿으면 극락정토에 갈 수 있다는 교
  리의 종파. 수양과 금욕에 의한 깨달음과는 무관하므로 승려도 결혼이
  가능하다.
* 사와코의 원어: 佐和子.

아리랑

검은 아스팔트 길을
백구 한 마리가
어청어청 걸어가고 있다
차를 세우고
멍멍아 비틀대며 어디로 가는 거니
말을 걸었지만
못들은 체
뒤도 돌아보지 않고
고개를 넘어간다
아리랑
아리랑
아라리요
고개에
꽃이 피어 있었지만
무슨 색인지는 기억나지 않는다
내일부터
추석이다

겨울 남자

오랑캐가 온다
으름장을 놓아 아이들을 재우자
피로가 풀린다
마취목 이파리를 달여
마누라를 재우고
어두운 밤거리로 나선다
길을 헤맬 일은 없다
안개가 자욱하게 덮여 온다
내일은 는개가 짙게 끼겠군
짐승의 냄새가 코를 찌른다
가까운 곳에 호랑이가 있다
위험해 오늘밤은
이웃 마을 이영희의 육체를 포기하고
길을 돌아간다

온돌방 아랫목에서 잠든 소녀
귀여운 딸의 새근거리는 숨결
김 냄새가 난다

갯바위에서 노는 꿈을 꾸는 듯하다

바싹 달라붙어서

네 살배기 아들이 자고 있다

엄마 하고 작게 외친다

무서운 꿈을 꾸고 있는 듯하다

여름에 아이들을

바다에 데려가야지

명태처럼 잠든 마누라를 깨워

막걸리를 들이킨다

<저자 주>
* 이영희: 색기 넘치는 옆 마을 과부.

<옮긴이 주>
* 마취목(馬醉木, pieris): 원산지가 일본인 진달래과의 상록활엽관목. 잎
  에 독성이 있어 소나 말이 먹으면 마비 증상을 보인다고 해서 붙은
  이름이다.
* 는개: 안개보다 조금 굵고 이슬보다는 가는 비.

신성한 사람

안간힘을 다해 가다가
줄풀 우거진 곳에 가 쓰러진다

아이여
그리고 또 다른 아이여
여동생이여
내 성스러운 가족이여
내 시체를 옮기기 전에
신성한 사람에게 알려다오
나를 처리하는 것에 대해서는
신성한 사람 요시하루에게 부탁해 놨으니

안간힘을 다해 가다가 줄풀 우거진 곳에서 잠든다
대지가 차가우나 아름답다
살갗을 스치는 바람이 차가우나 아름답다
올려다본다
드넓은 하늘이 아름답다
내 마지막 말은

이렇게 아름다운 빛 속에서

....

음력 2월의 매미

<옮긴이 주>
* 줄풀: 벼과의 여러해살이풀. 열매와 어린 싹은 식용하고 잎은 도롱이,
  차양, 돗자리의 재료로 쓴다. 한국, 일본, 중국, 시베리아 동부 등지의
  못이나 물가에 서식한다.
* 매미: 일본어에서는 '이승' '이승사람'이라는 뜻도 있다.
* 요시하루의 원어: 義春.

나이를 묻다

쾌락을 향해
꽃피는 아카시아 가로수 길을
쾌락의 습지를 향해 서둘러 가다가
도서관에서 책을 안고 나오는 남자에게
나이를 묻는다
How old are you?
남자는 대답하지 않고 지나간다
이상한 노인이군 하는 눈치다
남쪽 섬 이야기를 하고 싶었을 뿐인데
아카시아 나뭇잎 그늘 아래서
하교하는 소년에게 묻는다
몇 살이니
아홉 살
소년의 대답에는
꾸밈이 없다
나무 그늘을 빠져나가는 빛에 꾸밈이 없다

시아에 푸른 다리가 들어왔다

쾌락의 습지는 가깝다

물가에서

죽은 뱀을 밟았다

나이는 묻지 않았다

쾌락의 습지는 가깝다

이층 노인

다섯 살 먹은 남자아이가
이층 노인 방에 올라가
라디오를 부수었다
새 라디오를 사러 가지 않는다
다음날은 텔레비전 화면이 나오지 않았다
원인은 모른다
사러 갈 생각이 없다
신문이 오지 않는다
구독하고 있지 않다
생각해보면
예전에는
일요일이면 꼭
선데이 프로젝트를 보고
다하라 소이치로를 경멸하며
다케나카 헤이조에게 짜증을 내곤 했지만
이제 NHK 텔레비전의 아홉시 뉴스도 보지 않는다
날씨가 쌀쌀해졌다
근처 공원에서 겨울철새가 울고 있다

새를 보러 가지 않는다

저희 집 정원에 겨울 벚꽃이 피었어요

여자 친구에게서 엽서가 왔다

꽃을 보러 가지 않는다

여자 친구의 알몸은

조금 보고 싶다

<옮긴이 주>

* 선데이 프로젝트: 일본의 민영방송 테레비아사히 텔레비전이 1989년부터 2010년까지 일요일 오전 시간대에 방영한 시사 토론 프로그램.
* 다하라 소이치로(田原総一郎, 1934~): 일본의 저널리스트, 평론가, 뉴스 캐스터.
* 다케나카 헤이조(竹中平藏, 1951~): 일본의 경제학자, 전직 정치가. 참의원 의원, 고이즈미 정권 당시 경제 재정 정책 담당 장관과 금융 담당 장관을 역임했다. 현재 게이오대학 교수, 정부산업경쟁력회의 의원, 국가전략특별구역자문회의 의원.

가장 마지막 과정

제2병동 405호실
남자 4인실의 사람들은
모두 조용하다
가라앉아 있다
모두 노인
모두
내장이 병들어 입을 꾹 다물고 있다
텔레비전을 보는 사람도 없다
라디오를 듣는 사람도 없다
책을 읽는 사람도 없다
창문에 비치는 구름을 바라보는 사람도 없다
호소다 씨!
간호사 사쿠마 씨가
어슴푸레한 빛 속에 나타나서
귓가에 속삭인다
내일부터
병실을 옮길 거예요
통보하는

이유를 잘 알고 있다

그것의

가장 마지막 과정이다.

<옮긴이 주>
* 호소다(細田): 호소다 덴조 시인의 성.
* 사쿠마의 원어: 佐久間.

수유나무 열매

냄새가 지독해졌다
구누기야마산
구누기 나무 숲 속을
배타적인 냄새의 근원을
거슬러 올라간다
역시 이와모토 씨였다
구누기 숲의 벗겨진 한쪽 귀퉁이에
구미나무가 한 그루가 서 있다
구미나무 아래에
이와모토 씨가 죽어 있다
구미 열매에 태양이 내리쬔다
빨갛다
이와모토 씨가 죽은 것은
구미 열매가 너무 빨간
탓인지도 모른다

<옮긴이 주>
* 구누기야마산 : 일본 사이타마현 이루마군 미요시마치(埼玉県入間郡三芳町)에 있는 산림.
* 구누기는 상수리나무, 구미는 수유나무. 이 시에서는 일종의 언어유희로서 '구누기' 나무 우거진 숲에 '구미' 나무 한 그루를 대치시켰다.
* 이와모토의 원어: 岩本.

철학하는 밤

웬일로 맨 정신인 아들과
술을 마셨다
마실수록
가을밤이 깊어간다
마실수록
마음은 맑아지고
리비도가 음극으로 기울어간다

철학당 푸른 풀밭 위에
철학의 푸른 안개가 서린다
나는 왜 태어났을까
안개 속에서 아들이 고개를 들고 중얼거린다

완고하게 침묵하는 신에게 묻지 말고 내게 물어라
그 문제는
내가 가장 잘 안다
너의 형이상학은
간음에서 비롯되었다

나는 어디로 가는가
여자의 음부 속으로 돌아간다
머지않아 어머니! 라고 작게 외치고는
성운 속으로, 빛의 끝자락으로 사라지겠지

도쿄도
수도국의
급수탑 불빛이 사라졌다
음부가 차를 타고 마중 나올 시간이다
밤안개가 사라질 때까지 기다려라
너의 사치코를 기다려라
너의 리비도가 마중 나온다

<옮긴이 주>
* 리비도: 스위스의 융(Jung)이 제창. 정신 분석학의 원시적 충동에서 말
  하는 성욕과 성충동을 포함하여 모든 성적 욕망을 일컬음.

청소부

밖에서 말소리가 났다. 아, 가케루구나 생각하고
문을 열었더니 웬 낯선 남자가 서 있다
남자는 잠자코 내 방에 들어와
정리정돈을 시작한다.
약은 약상자에 책은 책장에
굴러다니는 동전은 돼지 저금통에
더러워진 속옷은 집어서 쓰레기통에
창문을 열어
공기를 바꾸고서
끝.
아주 깨끗해졌어요 라고 칭찬하자
일이니까요 라고 말하고 돌아갔다.
서른 정도에 키가 큰 남자
청구서를 두고 갔다.
청소 대금 100엔 청소부 가케루라고 적혀 있다
여보시오, 가케루 씨! 라고 부르며 뒤따라갔다.
어디에도 없다.
겨울 한낮의 포장도로 가로수에

나무 그림자가 없다.

가케루에게 전화를 걸자
지금 집이야. 나중에 놀러 갈게.
가케루의 목소리가 들린다.
여느 때와 같은 다섯 살짜리 어린아이의 목소리.
내 장난감
다 치우고 갈게.
창문 유리에
백 살쯤 먹은 남자의 그림자가 비쳐 있다.
방은 여전히 어질러져 있다
가케루는 벌써 일주일째 오지 않는다.

일단 사실

해질녘
어린이용 축구공을 끌어안고
가케루가 찾아왔다
그의
격렬한 슛을
격렬하게 얼굴로 받고서
방바닥에 조용히 쓰러졌다

방바닥에 떠 있다

작년 여름 어머니가 세상을 떴다
실은 지금인지도 모른다
죽어보니 꽤 괜찮은 기분이다
할부지 죽었나 봐
가케루의 목소리가 부드럽게 떠돈다
그래 할아버지가 돌아가셨구나
내 반려자의 목소리가 맑고 아름답다

일 년 정도 지났을까

일단 이승으로 돌아가거라

신의 목소리가 울리고

신의 아이가 코를 틀어쥐고 일으켜 세운다

눈을 뜨자

밤

창밖에서 물소리가 들려온다

어디선가 강이 흐르고 있다

협박 일기

12월 8일 아침 구름 낀 하늘 멍하다. 점심 진눈깨비
멍하다. 15시 정각 눈 약간
　더 이상 멍하니 있어선 안 되겠다.
　슬픈 건가, 작은 동물 내일의 굶주림이 두렵다.
　15시 30분 군량 조달에 나선다.

　첫눈이군. 스기야마 댁의 스기야마가 웬일로
　문학적인 말을 내뱉는다. 서쪽 상공을 보고 있다. 보이
지 않는 부코야마산을 보고 있다.
　일본해를 보고 있다. 하바롭스크를 보고 있다. 나는 잠
자코 배낭을 앞으로 돌린다.
　달걀 일곱 개, 파 두 뿌리, 현미 두 홉 반을 감쪽같이
가로채간다.

　반합으로 밥을 짓고 있는 통나무 오두막집 바로 앞
　이루마가와 제방에 눈가루가 사라져간다.
　내 기억이 사라져간다.
　스기야마의 기록이 점점 사라져간다.

조선 글자로 쓴 노트 1946이 타들어간다.

스기야마에 대한

내 협박도 점점 괴이해져간다.

수용소에서 죽은 스기우치의 아름다운

아름다웠던 웃는 얼굴이 점점 엷은 연기가 되어간다.

반합에 밥을 짓던 장작불이 꺼진다.

이제 아무것도 보이지 않는다.

2011년 12월 8일 17시,

구 대일본 육군하사 가네모토 아무개 사망. 구 야폰스
키 김정우.

도착지 사이타마현 히키군 가와지마마치 동사무소

조회 대한민국 전라남도 강진군 작천면 면사무소

<옮긴이 주>
* 이루마가와(入間川): 사이다마현을 흐르는 일급 수질의 하천.
* 부코야마(武甲山)산: 일본 사이타마현 서쪽 지치 분지의 남단에 위치하고 있는 산.
* 하바롭스크(Khabarovsk): 러시아 극동지방에 있는 행정중심도시.
* 야폰스키(yaponskiy): 러시아 사람들이 일본인을 가리키던 말.
* 스기야마의 원어: 杉山.
* 스기우치의 원어: 杉内.
* 가네모토의 원어: 金本.
* 사이타마현 히키군 가와지마마치의 원어: 埼玉県比企郡川島町.

칠흑같이

어둠은 깊다
산림에 자유가 있다기에
산 속 오두막집에 머물러 보았다
자유는 없었다
우리들은 모두
정어리가 되어 칠흑 같은 어둠 속을 떠다니고 있었다
아침은 아직 멀어
산속을 헤엄치는 물고기가 되어
고갯길을 올랐다
분명한 건
물과
숲 사이로 검붉은 빛이 있고
약간의 열매가 열려 있었다
무리를 벗어나
열매를 비틀어 따먹고 있자니
몹시 외로워졌다
이 적요(寂寥)와 함께 살아가리라 생각했다
혼자 산을 내려오면서
산림에 자유는 있다고 생각했다

괴로운 콜로니

애들아
밥 먹었니
큰 도시 도쿄의
교란자카 언덕을 내려오던 중에
들려온 한국말
이국의 언어
애들아
밥 먹었니
전에도 한 번 들은 적이 있다
소부센 전철 이나게 역 앞에서 귀를 울리던
모국어
애들아
밥 먹었니
한국어를 모르는 내 귀에는 일본어처럼 들린다
'소년이여 야망을 품어라'
애들아
밥 먹었니
이 목소리는 어디서 날아왔을까

한반도의 얼음 위를 미끄러져왔을까

어느 새 황야의 바람이 으르렁거리는 소리에 감쪽같이
사라진다

죽은 이리의 이빨 사이로 울리는 소리

애들아

밥 먹었니

괴로운 콜로니에서

발진티푸스로 죽어

흙구덩이 속에서

얼어붙은 일본인 자식들에게

말 거는 소리를

듣고 싶다

<옮긴이 주>
* 콜로니(colony): 식민지.
* 교란자카(魚籃坂) 언덕: 도쿄 미나토구 미타 4초메((港区三田4丁目)에 위치한 언덕.
* 소부센(総武線): 동일본여객철도(JR동일본) 노선 중 하나. 도쿄역과 조시역(銚子駅) 구간을 운행한다.
* 발진티푸스(發疹 typhus): 열성, 급성의 법정 전염병 중 하나이며, 주로 고열과 발진 증상이 나타난다. 전쟁과 관련이 깊어 전쟁티푸스 또는 기근열, 형무소열 등의 다른 이름이 있다. 이 병의 매개 곤충인 이가 몸이나 옷이 불결할 때 발생하기 쉬워 전쟁터나 형무소 등 환경이 나쁜 곳에서 병이 퍼진다는 데서 생겨난 이름이다. 일본에서도 제2차 세계대전 직후에 유행했다.
* 이나게역의 원어: 稲毛驛.

윤회 환생 이야기

사슴이 되어
사슴 공원에서 놀고 있는데
얼굴이 말처럼 생긴 남자가 알리러 왔다
세키네 사거리에 법사가 와 있다기에
설법을 들으러 가기로 했다
역시 나는 외로운 것이다
도중에 강변길에서
키 작고 나이 많은 인간과 스쳐 지났다
어디선가 본 적 있는 희미한 기억
떠오르지 않는다
알 게 뭐람, 세키네 사거리를 향해 걸음을 재촉했다
사거리에 서 있는 보리수 잎사귀 그늘에서
성자의 목소리가 들린다
그가 뜯는 비파 소리가 구슬프다
사람들을 가르고 앞으로 나가니
사슴에게는 설법을 하지 않아, 여승이 말한다
"동물로 환생한 네게는 연주해줄 음악이 없어."
풀이 죽어서

나는 돌아간다

왔던 길을 되돌아간다

떨어지지 않는 발걸음을 질질 끌며 돌아간다

아까 올 때 길에서 만났던 인간과

또 스쳐 지났다

되돌아가서 뚫어지게 들여다보았다

그 남자도 풀 죽은 사슴으로 변하더니 이내 사라졌다

소나기가 왔다

젠푸쿠지가와강의 수면이 일렁이어

잉어가 달아난다

고독한 물고기가 되어

출렁인다

내 자신의 차가운 그림자를 본다

<옮긴이 주>
* 세키네(関根): 사이타마현 교다시(行田市)에 위치한 마을.
* 젠푸쿠지가와(善福寺川)강: 도쿄 스기나미구(杉並区)에서 나카노구(中野区)로 흐르는 강.

권태

쾌락으로 가라앉으면서
형이상학을 생각했다
창문 유리에 가랑눈이 내렸다
첫눈인가……
반투명 유리창에 달라붙어 빛나고 있다
생각해보면 눈의 색깔을 본 적이 없다
언제나 빛나는
물 입자의 색깔을 생각했다
빛 입자의 색깔을 생각했다
눈 대감……
육체 아래의 육체는 뜨겁다
놀지 마……
놀지 마……
내 아래에서 놀지 마……
고토토이바시 다리 아래에서 에도 여자의
흐느끼는 소리가 바람에 실려온다
가랑눈이 떨어진다
수면이 어둡다

눈 대감······

가랑눈이 떨어지는구나

반쪽발이

김포에 도착했다. 누에고치처럼 사뿐히 내렸다. 쿵 소리를 내지 않고 내려앉았다. 조종 잘하네 KAL기 조종사, 라고 말하는 나. 군대 갔다 와서 그래요, 라고 말하는 옆자리 코리아 남자. 한국인은 모두 비행기가 착륙하자마자 일제히 일어선다. 사소한 일을 칭찬하지 않는다.

서울 시내를 향해 육로를 날아가는 택시, 운전기사는 군대를 갓 제대한 육군 예비역. 질주하는 나쁜 습관.

궁전 북쪽 숙소의 여주인은 수다쟁이였다. 쉬지 않고 말을 한다. 한심한 요즘 이 나라 남자들에 대해, 엉덩이 가벼운 요즘 이 나라 여자들에 대해 쉬지 않고 말을 한다. 며느리 험담까지 펼쳐놓기 시작한다.

대화가 안 된다. 대화하고 싶어 이곳에 왔는데.

북촌 마을회관에서 마을 어르신들에게 묻는다. 민주신한국의 초석은 누가 놓았는가. 말이 없다. 원로이신 한노인은 1950년 소년병 장교였다고 한다. 그분들은 모두 북한군을 본 적이 있다. 전쟁을 잘 알고 있다.

말씀하시기 껄끄러우실 듯하니 제가 감히 말씀드리겠습

니다.

그것은 월턴 워커이옵니다. 조니 덕분입니다.
언급하는 나를 보고 어르신 중 한 분이 웃었다.
어이! 반쪽발이, 쪽발이답게 맥아더라고 말해.

이 냉소적인 단어가 발단이 되어 우리들의 긴 논쟁이
시작되었다. 양반 남자들의 뜨거운 겨울밤이 시작되었다.
이 씨 며느리가 빨간 수수경단을 내왔다. "다들 먹어가며
싸우세요."

우리는 음식을 제켜놓고 싸운 적은 없다.

〈저자 주〉
* 반쪽발이: 일본에 영주하는 한민족인 재일교포를 이르는 속어.
* 해리스 월턴 워커(Harris Walton Walker, 1889~1950): 미국의 군인.
  6·25 전쟁 초기 주일 미8군 사령관으로 참전하여 낙동강 방어 작전을
  성공으로 이끌었다. 생전 최종 계급은 중장이었으나 사후 대장 계급을
  추서 받았다. 이 시에서 '조니'라는 명칭은 이 사람의 이름 중 '워커'를
  조합하여 스카치위스키 브랜드 '조니 워커'를 농담 삼아 말했다.
* 더글러스 맥아더(Douglas MacArthur, 1880~1964): 미국의 군인. 일본
  점령군 최고사령관과 유엔군 최고사령관을 거쳐, 1950년 한국전쟁에서
  인천상륙작전을 지휘하여 서울을 탈환하였고, 이 작전은 낙동강전선까
  지 밀려난 국제연합군과 한국군이 대반격할 수 있는 결정적인 계기를
  만들었다.

제2부 피터 래빗

바닷가에서

바다가 보이는 언덕에 서 있다
파도 소리가 들리지 않는다
바다는 하얀빛으로 반짝인다
해거름인데
저녁 해가 보이지 않는다
여느 때처럼
저녁 해를 찾는다

저무는 바다에 저녁 해가 보이지 않는다

　　반짝반짝 반짝이며 저녁 해가 지네요
　　반짝반짝 반짝이며 해님이 숨네요
모두 모두 반짝반짝 가라앉고
내일 또다시 되살아난다
내일 또다시 되풀이된다
끝없이 되살아나는 빛이여
영원이여

여느 때처럼 콧노래를 부르고 있노라니

탕 하고 총소리가 들린다

또 하나의 바다를 건너서

또 하나의

뭍의 나라 쪽에서

총소리가 들린다

탕탕탕

아아, 나의 소년이 뭍의 나라에서

지평선으로 떨어지는 태양을 향해 권총을 쏘고 있누나

탕탕

할아버지, 절대로 말하지 마

탕탕

모바일 · 총소리 · 모바일

해거름 바닷가에 소년의 목소리가 울려퍼진다

할아버지, 영원 같은 거 절대로 말하지 마

(2012년 5월 21일 나가사키현 쓰시마시 도요타마 마

치 바닷가에서)

<옮긴이 주>
* 반짝반짝 반짝이며 저녁 해가 지네요/반짝반짝 반짝이며 해님이 숨네
  요: 일본에서 잘 알려진 동요 「저녁 해」의 가사 일부.
* 나가사키현 쓰시마시 도요타마마치의 원어: 長崎縣対馬市豊玉町.

87

구(區)의 경계를 향해

길에서 낙엽을 쓸고 있는 남자가 있었다
예순아홉 살쯤 되어 보이는 남자가
자신의 집 앞에서
마른 잎을 쓸고 있다
그 남자의 집 문패를 보니 '시무라'
어! 너 시무라구나
남자의 얼굴을 말끄러미 바라본다
예순아홉 살 남자의 얼굴
일요일 오후의 저녁노을
너 아주 폭삭 늙어버렸구나
그 말은 차마 못하고
예전에 여기에 채소가게가 있지 않았습니까?
정중하게 물어본다
대빗자루의 움직임이 멈춘다
흘끗 이쪽을 쳐다본다
한 번 더 물었다
여기에 채소가게가 있지 않았습니까?
남자는 좌우 5센티미터 폭으로 고개를 가로저었다

음, 영어를 할 줄 아는구나

고개를 깊이 주억거리며 시무라의 집 앞을 떠났다

부정형으로 물을 때 긍정은 노(NO)라고 대답해야 한다

알파벳조차 못 쓰던 시무라

음, 지금은 영어를 할 줄 아는구나

멈춰 서서 남자를 뒤돌아보았다

집 앞

포장도로 위 낙엽을 쓸고 있는

예순아홉으로 보이는 남자

저 녀석은 틀림없이 시무라다

중학교 동창 시무라다

옳거니, 가게의 풀 네임이 기억났다

'시무라 청과물 가게'

검정 페인트로 굵게 쓴 간판이 떠올랐다

반세기 전

이 자리에 '시무라'라는 청과물 가게가 있었지요

그렇게

말이라도 걸어볼 걸 그랬나

한 번 더 돌아서서 그 남자를 바라본다

남자의 조그마한 그림자에 은행잎이 떨어져 있다

안녕, 마른 잎이여

안녕, 오늘의 지는 해여

이 사람은 이제 서두르리다

구의 경계를 향해 길을 재촉한다

구의 경계에 있는 병원에 내 어머니가

쌓이는 낙엽 속에 잠들어 있다

언제까지고

3학년 2반이었던 남자에게 마음 기울일 겨를이 없다

<옮긴이 주>
* 시무라의 원어: 志村.

피터 래빗

조용히

말문을 연 사람

세 살 반배기 가케루, 글씨는 못 써도

말은 할 줄 안다

　　옛날에　무서워　죽었어

그런 말은 싫구나

즐거운 말을 해다오

　꿀벌　자장자장 피아노　친구

　발표회　꽃　박수

무서운 이야기도 조금 들려주렴

　폭풍우　바람　나뭇잎

어제 불었던 봄 폭풍우 말이니?

　다 망가져서 고치지도 못하고 나뭇잎도 죽고

　공룡 뼈가 다 잡아먹었어

저런! 공룡 뼈가 그랬어?

　응 공룡 뼈가 할아버지도 잡아먹고

　아가도 잡아먹고

엄마는?

엄마는 안 잡아먹고 할머니는 잡아먹었어
아빠는?
　······
　······
이 기나긴 침묵은 무슨 뜻일까
　무서운 이야기 이제 안 할래

세 살 반배기 얼굴에 먹구름이 드리워진다
소나기 퍼붓기 전의 서늘한 바람이 불어오고
방에 오도카니 서 있던 아이는
가늘게 떨며 말했다
동화책 마지막 장을 쥔 채
　피터 래빗 안 행복했어

조부기(祖父記)

할부지, 나 때려줘
오늘은
오늘도 가케루가 이상하다
유치원에서 무슨 일이 있었을까
나 때려줘 나 때려줘
안 돼 아이는 때리면 안 돼
괜찮으니까 때려줘
그럼 살살 할게
울며 조르는 가케루의 성화에 못 이겨
사알짝 왼손바닥으로
어린아이를 때렸다

나는 아직 비위를 맞추는 중이다
가케루의 속내를 모른다
가느다란 두 눈을 반짝이며
진지하게 반격한다
자그마한 두 주먹이
내 얼굴에 작렬한다

배를 두들긴다

무슨 일로 분노의 강을 건너는 걸까
아가야, 내 귀여운 손주야
할아비도 함께 건너 주마
으랏차차 강 건너며 백드롭
아이를 하늘로 높이 던졌다

있지, 할부지도 할부지가 있었어?
파란색 방바닥에 파랗게 드러누워
가케루가 다정하게 물었다
실컷 날뛰고 난
우리에게는
언제나 고요한 저녁노을이 내려앉는다
그럼, 할아비도 아버지가 있었지
그 아버지도 아버지가 있었고
그래? 아버지면 아빠 말이야?
그래, 사람은 다들 아빠가 있고 엄마가 있단다

방 안이 온통 깜깜해졌다
창문으로 거리의 불빛이 새어 들어와
가케루의 눈으로 빨려 들어가건만
마음은 보이지 않는다

마음이란,
마음이란 도대체 무엇일까
우리는 깜깜해진 방 안에
잠잠히 드러누워 있다
가케루의 눈물은 말랐다
시간이 천천히 흘러간다

유치원에서 싸웠니?
종내 물어보고 말았다
응, 사토시하고

이담에 커서 소방관이 될 거야

사토시가 그랬어
난 이담에 소방관 안 할 거야
내가 그랬어
난 이담에 경찰 안 할 거야
내가 그랬어
이담에 커서 구급차 대원이 될 거야
사토시가 그랬어
난 구급차 대원 안 할 거야

나 커서 어른이 되기 싫어
그러니까 할부지가 나 때려줘

괜찮아 가케루 아무것도 안 돼도 괜찮단다
시간이 천천히 흘러간다
우리 몸 아래로
강이 흘러간다

할아비는 어릴 적에 커서 할아버지가 되고 싶었단다

벌써 됐잖아
가케루의 눈물이 말랐다
마음은 바람에 닿아 말랐으리라

조선의
흰 무명옷을 입은
그런 할아버지가 나는 되고 싶었단다
앗! 하고 외치며
공기를 가르고 강물을 얼어붙게 만들고
돌팔매질로 물오리도 잡는
그런 할아버지가 나는 되고 싶었단다

반짝반짝
가케루의 잠든 얼굴이 달아오른다
가케루의 숨소리가 새근새근 헤엄친다

우리들 아래로
강이 흘러간다

<옮긴이 주>
* 백드롭(back drop): 상대의 한쪽 팔을 목에 걸친 자세로 상대의 등 뒤
  에서 허리를 잡아 뒤로 메치는 프로레슬링 기술.

98 골짜기의 백합

죽은 박쥐

검은 옷을 입고 걷노라니
작은 새가 날아와 묻는다
짹짹 찌르르륵
할아버지 박쥐처럼 하고 어디 가?
장례식장
그렇다면 할아버지가 죽었어?
나 말고
내 친구가……
아, 난 할아버지가 죽은 줄 알았네
내 작은 새는
짹짹짹
세 번
내 검은 옷을 쪼더니
어디론가 날아갔다
문득 생각났다
2011년 11월 23일에 날아와서
그가 그린
죽은 박쥐 그림이
내 방의 하얀 벽에 걸려 있다

8월의 실내야구

9회 초
부겐빌레아 고급학교의 공격
8번 타자 우익수 가케루 선수!
8월 방안에 안내방송이 흐르고
10만 관중의 한숨
소용돌이치는 응원의 함성
플레이 플레이, 가케루 한 방 날려라!
드디어 나는 나의 소년을 보았다
약속했던 이 땅에 다다라
2022년 8월의 가케루를 보았다
플라스틱 배트를 세 번 허공에 휘두르고
나를 노려보며
타석에 들어선다
'네 녀석이 가케루냐?'
만화 속 말풍선으로 내가 묻고
만화 속 말풍선에 가케루의 침묵⋯⋯
숙명의 혈투! 상세하게 실황 중계방송과 해설을 한다
여느 때처럼

'쳇' 하는 내 말풍선

'흠' 하는 가케루의 말풍선

시로후요 고급학교의 투수 이운산 선수

와인드업, 제1구!

아아아아아아! 아나운서가 외친다

주무기 DMZ 볼을 던졌습니다!

쳤습니다! 작습니다 작아요!

어서 돌아라 돌아!

1루에서 2루로, 자 3루타가 될 것인가!

달려라!

달렸다

세컨드 베이스를 돌아서

가케루는 봉선화 꿀주머니가 돼 있다

함경북도에서 땀범벅이 되어 도망친

줄기여 풀이여 꽃잎이여

날아라! 달려라!

아아, 3루도 돌았습니다

인민의 대지에서

독재의 바다를 건너

비닐공은 빛이 되어 돌아온다

여기 기묘한 분위기 감도는 다다미방에서

흰 공은

시간이 되어

주자를 꿰뚫었다

아웃!

홈베이스 위의 참극

일순 시간이 멈추었다

말도 안 돼!

부겐빌레아 고급학교의 야간부 원예과 철학 담당 부교
수가

핏대를 세우며 뛰어나와 항의한다

지금 그건 세이프야 세이프라고!

시간은 보이지 않는다

고로 세이프든 말든

아웃!

심판은 참피나무 천장에 대고 조용히 선언했다

게임 셋.

부겐빌레아 고급학교의

여름

멋진 실내야구대회는 끝났다

뜰에 흐드러지게 핀 꽃이 자태를 뽐내고 있다

벌 한 마리가

천공을 향해 날아갔다

야구 소년들의 여름은 끝났다

<옮긴이 주>
* 부겐빌레아(bougainvillea): 분꽃과에 속하는 열대 관목. 붉은 꽃이 핀
  다고 알려져 있으나 꽃술처럼 보이는 흰 부위가 실제 꽃이고 붉은 부
  위는 잎이 변한 포엽(苞葉)이다.
* 고급학교: 재일교포 자녀를 교육하는 3년제 중등 교육기관. 3년제 중
  급학교에 이어서 중등 일반 교육을 완성하는 학교.
* DMZ: 비무장지대(demilitarized zone)의 약자이며, 한반도 삼팔도선의
  비무장지대를 말한다.
* 시로후요의 원어: 白芙蓉.
* 이운산의 원어: 李雲山.

가리온

팔월의
첫날 너는 태어났다
그 한 달 동안 쭉
하늘을 올려다보며 잠을 잤단다
세월이 한참 지나서야
너는 말했지
그해 팔월
내 몸 위로
은빛 비행기가
수도 없이 수도 없이 날아갔어

구월이 되자
얼굴을 창문 쪽으로 돌려
줄곧 숲을 바라보았단다
세월이 한참 지나서야
너는 말했지
저 검은 숲 속에서 빛나는
은빛 두 눈을

나는 줄곧 바라보고 있었어

시월이 되어
귀가 들리게 되자
소리만 줄곧 들었지
본 적도 없는 까마귀 울음소리에
밤이 온지 알았고
본 적 있는
두루미가 한바탕 날카롭고 높은 소리로 울 때
나는 날이 밝은지를 알았다고

십일월이 되어
십일월의 바람 내음이 났지
저 검은 숲에서 사람 냄새가 나서
나는 난생 처음 울었어
한 맺힌 듯 서럽게 십일월을 울었어

십이월

파란 벨벳 포대기로
너를 감쌌단다
응아!
그 아기 옷에 그려진
하얀 말 그림이
지금도 기억나

말 무늬가 아니었어
나는 말했다
파란 하늘과
새하얀 눈이 내린 숲
방울을 울리며 달려가는 순록 그림

지금도 기억나
분명히
하얗고 엄청나게 큰 말이었어
긴 목에 황금색 갈기가 나 있었고
숲 속으로 달려가 사라져 버렸어

또 다시 팔월이 찾아왔다

네가 여섯 번째 맞는 팔월

그 황금색 갈기가 돋은

하얀 말을 보러 가자

너에게 이끌려

검은 숲 속 연못에서

우리는 백마를 기다렸지

팔월 첫날

하염없이 기다렸지

검은 숲에서

황금빛 갈기를 휘날리고 은빛 눈을 번뜩이며

백마가 달려오기를 기다렸지

<저자 주>
* 가리온: 한반도에서 전래되는 전설속의 백마. 하룻밤에 천리를 달린다
고 하여 천리마라고 부른다.

백사폭포

강을 따라 올라가니
분명
하얀 폭포가 있었다
하얀 거품을 일으키며 가느다란 뱀이
물기둥으로 변해 용소에 잠긴다
영원한 물뱀

오랜 시간
우리는 하얀 폭포를 바라보았다
영원한 낙하
오랜 시간 하얀 폭포를 지켜보느라
돌아가는 버스를 놓쳤다

다음 버스를 기다리며
나는 가케루에게
내가 태어난 날의 이야기를 들려주었다
그 말을 꺼낸 계기는
할아버지도 엄마가 있었는지

물어보아서였다

음력 섣달 눈이 막 내리기 시작한 추운 아침
너는 태어났단다
어머니는 몇 번인가 나에게 말해주었다

평소와 다를 바 없는 어느 겨울 날
조선의 평범한 빈농에서
둘째 사내아이가 태어났다
나는 평범한 날에 평범하게 태어났다

범상치 않았어
어머니는 딱 한 번 단호하게 말한 적이 있다
네가 세상에 나온 날 아침
대들보에서 백사가 내려오더니
천천히 집 밖으로 사라지더구나
음력 섣달의 첫눈 속으로 들어가더구나

그 뱀은 나도 알아
가케루가 대꾸했다
나와 함께 엄마 뱃속에 살던 하얀 뱀
나와 함께 엄마 뱃속에서 나온 하얀 뱀

버스는 아직 오지 않는다
어쩌면 올해는 오지 않을지도 모른다

바다 이야기

오후 햇살 속
하늘을 실컷 보고 나니
바다 이야기가 하고 싶어져
싫다는 손자 녀석 등을 떠밀어
역사 건물의 초밥집 '바다 이야기'로 들어간다
말없이 카운터 앞자리로 가는
무례한 손님 둘
할아버지와 손자
음료는 무얼 드릴까요?
물 두 잔
음식은 김과 오이만 주면 돼요
귀염성 없는 꼬마 녀석
난 생강절임과 된장국만 주시오
인상 고약한 영감탱이

가케루와 바다 이야기를 했다
시작은 신(神)
가케루가 먼저 꺼낸 말이다

가게는 붐볐다
카운터에 앉아 꼼짝하지 않는 두 남녀
테이블에서 재잘거리는 가족
새들이
죽은 물고기를 쪼아 먹는다

바다가 넘실거린다
암초가 밀물에 숨는다
썰물이 빠지며 암초가 드러난다
물고기가 죽어 있다
노인이 떠다닌다
죽은 물고기의 시호가 벽에 걸려 있다
풍요로운 바다여

가케루는 엄마 뱃속으로 돌아가고 싶어 한다
암실로 돌아가고 싶어 한다
나는 혼돈으로 돌아가고 싶다

초밥집 주인은 우리한테 돌아가 달라고 한다

나는 고맙다고 인사한다

오늘은 바다에 대해

알찬

이야기를 나누었습니다

두 명의 정찰병

방바닥을 기어가
도코노마에 숨어
고양이를 쏘려고 겨냥하는 차에
군인 아저씨 군인 아저씨
집 밖 종려나무에서
여자의 가녀린 목소리
우리를 부르나?

목소리의 주인을 찾으러 간다
종려나무 아래에 서니
거기 두 분 거기 두 분
집 안에서 가쁜 숨소리 섞인 늙은 여자의 목소리가 들
린다
왜 부르는 거야

북쪽을 정찰하라
종려나무 밑동 아래
지하에서 가래 끓는 남자의 목소리가 들린다

명령이다

어제 폭풍이 불었다
폭풍이 올봄에는 웬일인지
북쪽으로 분다
북쪽 숲을 향해서 분다
이미 몇 차례나 불었다

가케루와 나
노인과 어린이 두 병사
북쪽을 정찰하러 출발하겠습니다

봄의 낙엽이 푸르다
잎자루가 잘리어 떨어져
쌓여 있고
나뭇가지는 꺾인 채
대롱거리고
붉고 작은 꽃이

나무 사이 오솔길에 나뒹군다
어젯밤 폭풍의 흔적

새로 받은 총을 겨누고
우리는 숲길을 전진했습니다
단풍나무와
칠엽수와
플라타너스 우거진 숲을 지나
야음을 틈타 강을 건넜습니다

정찰 임무 복귀하였습니다
알았다 결과를 보고하라

늦은 북녘의 봄
우리는 초원에서
잔설이 쌓인 구덩이마다
바람에 휘말려 죽은
수많은 늑대의 사체를

보았습니다

봄 폭풍우의 공격을 받고 죽은

수많은 늑대 떼를 보았습니다

다음날

또다시 폭풍이 불었다

우리는

가케루와 나는 더는

전쟁에 나가지 않았다

그만두었다

<옮긴이 주>

* 도코노마: 일본식 가옥에서 객실의 방 한쪽 바닥을 높여 벽에는 족자
  를 걸고 바닥에는 꽃이나 장식물을 꾸며놓는 곳.

갈림길

따사로운 사월의 햇살을 받으며

반짝반짝 웃으며

우리는 떠났습니다

따사로운 사월의 들길을 지났습니다

보드라운 봄풀을 밟으며

보드라운 봄바람을 맞으며

우리는 걸어갔습니다

사월의 들판을 지났습니다

나무가 늘어선 길을 걸었습니다

나무숲 길에서 처음으로

우리는 멈춰 섰습니다

'갈림길'

돌로 된 이정표 앞에서

생각에 잠겼습니다

주위가 점점 어두워졌습니다

'여기서부터 왼쪽은 여자 길 오른쪽은 남자 길'

남자

우리는 남자니까

가케루가 말한 대로

우리는 남자 길로 갔습니다

길이 험해졌습니다

숨을 헐떡이고 땀을 흘리며

우리는 갔습니다

날은 어두워지고

우리는 갔습니다.

'고개까지 반 리(半里)' 이정표 아래에서

샘물을 벌컥벌컥 마시고

우리는 '남자 길'을 갔습니다

Are you ok?

가케루에게 몇 번이고 물었습니다

All right

가케루의 작은 목소리가 산길을 따라 멀어져 갑니다

Are you ok?

나는 몇 번이고 물었습니다.

All right all right all right

가케루의 목소리가 산길 속으로 빨려들어갑니다

바람이 차가워집니다
땀이 차갑게 식어갑니다
할부지는 늙었으니까
바위에 걸터앉아 잠깐 쉬라고
가케루가 말했습니다
나보다 나이를 더 먹었으니까
늙었으니까 허리 아프면 금방 죽어
아직 괜찮단다
우리는 발길을 재촉했습니다

드디어 정상에 올랐습니다
'고추고개'의 정상
마른 잎사귀와 봄풀이 한데 어우러져
고추 냄새가 나는
흙 위에
드러누워 생각에 빠졌습니다
시름에 잠겼습니다

우리는 하늘을 올려다보았습니다

보랏빛 구름이

땅거미 진 하늘에 흘러갑니다

여자 구름

가케루가 말했습니다

그렇구나

내가 말했습니다

실제로 여자 모양의 구름이 셋 넷 아홉 열셋

흩어졌다 모였다 겹쳐졌다 하며 흘러갑니다

점점 더 어두워집니다

가자!

우리는 일어났습니다

'폭포까지 55미터, 왼쪽 암폭포 오른쪽 수폭포'

어느 쪽?

새로운

또 새로운 표지판입니다

암폭포는 뭐야? 가케루가 물었습니다

여자 폭포, 여자 같은 폭포
부드러운 소리를 내면서
얇게 떨어지는 폭포
폭포에 여자가 살아?
가케루가 물었습니다
몰라!
이유도 없이 나는 퉁명스럽게 대답했습니다

우리는 암폭포로 가는 길을
말없이 내려갔습니다
폭포 쪽에서 빛이 떠올라
우리의 그림자와
뒤엉킵니다

엄마 속이기

쭈그리고 앉아 있다
왜 그러니
달려오는 엄마에게
엉덩이를 흔든다
궁둥이를 흔든다
왜 그러니 가게루
들여다보는 엄마에게
달려드는
청개구리
유월
별일 없는 날
그만 매달려
그만 매달리라니까
무겁잖니
쭈욱 엄마 생각했어
제 어미를 꼭 붙잡고
할부지 빠이빠이
제 어미 배에 얼굴을 묻고

작별인사는 하는 둥 마는 둥
가케루는 돌아갔다
Home Sweet Home에 도착하면
어미는 어린것에게 묻겠지
할아버지하고 잘 놀았어?
응 재밌었어
할부지가 이상한 얘기 해줘서 재밌었어
하지만 난 말이지
쭈욱 엄마 생각만 했어

그건 아니잖아 가케루
그 치열했던 전투는 뭐였냐
실내 탁구 야구로 한 시간
식탁 탁구 대회로 한 시간
실내 테니스 단식으로 집안 랭킹 3위 대 자칭 세계 랭
킹 1위가
승부를 겨루고 실황 중계방송을 하는 가상 혼합 복식
대회도 하고

휴식 시간도 없이 화장실도 참으며 나는 어른이니까
아홉시까지 겨루며, 이야기도 하지 않은 채 겨루며
알아 모셨습니다
마음이 아프지는 않습니다

나는 당신하고 싸웠습니다
21:00까지 싸웠습니다
묵묵히
묵시록의 시간을 싸웠습니다
아홉시가 지나
제 어미가 부르는 소리, 설원에서 야생이 부르는 소리
가 나자
라켓을 팽개치고
공을 버리고
엄마의 배로 허물을 벗고 돌아간다
적을 해치우고 퇴각한다

잘 가거라 내 맞수 또 오너라

할아버지하고 재밌게 놀았어?

현관에서

그 엄마가 한 번 더 물었다

그 아들이 한 번 더 말했다

엄마 나 사실은 무지무지 외로웠어

소공녀

가린에게 이끌려

여기에 왔다

8월의 끝자락

가린에게 이끌려

여름방학 중이라 아무도 없는 초등학교 교정에 와 있다

할아버지 우리 학교에는 왜 왔어?

앗, 가린이다

할아비의 왼쪽 귓속 나무 아래에

가린이 있다

빨리 나가 안 그러면 혼나

하지만 하지만 하지만 그대에게 이끌려 여기로 왔단다

안 돼 안 돼 안 돼 안 돼 붙잡히면 어쩌려고

음……

조금만 쉬고 할아비는 물러가겠다

어서 교정 구석에 가서 숨어 있어

커다란 나무 그늘 아래에 선다

　커다란 백합나무 아래

　커다란 잎사귀가 달린 나무 아래에

안 돼 안 돼 안 돼
　　가린의 노래가 들려온다
내 왼쪽 귓속 나무 아래에
작은 시냇물이 반짝이며 흐른다
콸콸콸 흐르기 시작하면
아마도 가을 학기가 시작되겠지
　　책가방을 둘러메고 씩씩하게
　　오늘도 학교에 갈 수 있는 건
　　군인 아저씨 덕분이지요
　　나라를 위해 싸운
　　군인 아저씨 덕분이지요
앗, 결국 경비원이 뛰어왔다
당신은 누구십니까?
제 이름은 윌리엄 포크너입니다
당당하게 이름을 밝힌다
왜 여기 계시죠?
가을벌레를 죽였기 때문입니다
당장 학교에서 나가 주세요

네 알겠습니다

그 할아비는 허둥지둥 학교를 나왔습니다. 끝.

〈저자 주〉

* 가린(夏潾): 2001년에 태어난 내 손녀 이름. 이 시를 쓸 당시 손녀는
초등학교 5학년이었다.

〈옮긴이 주〉

* 윌리엄 포크너(William Cuthbert Faulkner, 1897~1962): 미국의 소설
가, 시인, 극작가. 『음향과 분노』, 『8월의 빛』 등 장편 20편과 수많은
단편을 썼으며, 20세기 미국 문단에 지대한 영향을 미쳤다. 1949년에
노벨문학상을, 사후인 1963년에 퓰리처상을 수상했다.

불

불이 약하구나

나무 좀 해오너라

혼식아 땔거리 좀 주워 오렴

네, 엄마

피었네 피었네 개나리가 피었네

교과서를 돌려주고 나무하러 가야지

옆집 박명호에게 돌려주러 간다

피었네 피었네 개나리가 피었네

박명호네 집 부뚜막

불이 시뻘겋다

활활 타는 불이 아궁이에서 넘쳐 나와 봉당을 비춘다

피었네 피었네 개나리가 피었네

너도

나하고 같이

개나리가 피면 학교에 가자

옆집 박명호의 얼굴이 빨갛다

아냐 난 못 가

학교에 못 가

지게에 마른 나무를 지고 걷는다

피었네 피었네 개나리가 피었네

어슴푸레한 어둠 속에 내 목소리 잠겨간다

시냇물 흐르는 소리 묵직해져간다

앗!

강가에서 할아버지가 매섭게 소리치자 물새가 얼어붙
는다

잔돌을 던진다 돌팔매 사냥이다

물오리 두 마리를 손에 들고

할아버지와 나는 불로 돌아간다

도중에 면사무소에서

둥근 철제 술통이 타는 것을 보았다

일본사람의 검은 돌이

달콤하게

해 질 녘 볕처럼 타고 있었다

이무명

이무명을 때리고
결혼했다
이무명을 때린 탓에
결혼을 해 버렸다
나는 두들겨 맞고
억지로
결혼했다
나는
두들겨 맞았기 때문에
결혼하고 싶었다

김순녀를
만나게 되어
이무명을 패주고
김순녀에게 도망갈 작정이었다
이무명을 때릴 때
오른손이 부러져
이불을 널어 말릴 힘이 없었다

알몸으로

축축한 이불에서 온종일 자고 있으려니

이무명이 데리고 온 고양이가

축축한 이불 속으로 기어들어 왔다

부러진 뼈가 다 낫거든

이무명을

당산나무 아래로 끌고 가

이무명의 엉덩이에 난 털을

뽑고

은행나무 씨를 심어줘야겠다고 생각했다

나무

덜컹덜컹덜컹
방울소리 울리며 소달구지를 타고 가자니
난데없이 민둥산이 나왔다
어떻게 된 거야 아주 휑해졌잖아

산불이 나서요
산지기는 겸연쩍은 듯 말했다
끙 앓는 소리를 내며 서생은
오랫동안 민둥산을 바라보았다

달궈진 지면에 저녁노을
어린 나무도 노목도
소나무도 자작나무도
나무란 나무는 다 타버려 민둥산이 되고 말았다

나무는 또 자라나지요
겨우 위로할 말을 찾아내
산지기 오정화에게 말했다

금세 해가 저물고
달이 떠올랐다
민둥산이 달빛에 까맣게 빛난다

나무는 또 자라나지요
타버린 땅거죽이 하는 말을 들었다
팔월 어느 날 경상북도의 국도 끄트머리에서

나무는 또 자란다니까요
끙 하고 앓는 소리를 내며 서생은
국도를 바라보았다
타오르는 불을 등지고 바다를 향해 도망치는
그해 여름의
끝없는 짐수레 행렬을 보았다
오늘 해변에서 추석 귀성을 서두르는
무수한 자동차 떼를 보았다
대부분

뒷좌석에는 아이들이 자고 있다
딸랑딸랑딸랑
자동차에서
달콤한 멜로디가 새어 나온다

모오리돌의 고요한 하루

삐뽀삐뽀삐뽀

한밤중

정적을 깨고 경찰차가 지나간다

내 알 바 아니니 (나와는 상관없는 일이니까)

잠든다 (고이 자거라 삽살개야)

뽀삐뽀삐뽀삐

이른 새벽, 구급차가 지나간다 (나와는 상관없다)

잠든다 (늙은 개는 선잠을 잔다)

두루미가 날카로이 짧게 울었다 (근처 작은 동물원에

서 기르는 두루미가 울었다)

잠이 깼다

규칙적인 노인의 하루가 시작되었다

아홉시 (아침 아홉시)

가슴 졸이며 가케루에게 전화 (아이가 휴대폰이라니)

뚜뚜뚜

할부지 무슨 일이야? (whats happen grandpa?)

가족들 다 별일 없고?

무슨 별일?

예를 들면 할아버지가 돌아가셨다든가……

부릉, 할부지 유치원 버스 왔어 끊을게, 부릉

수화기를 통해 들려오는 소리 (선생님 안녕하세요)

부릉부릉 (버스는 떠났다)

모오리돌의 고요한 하루 (가 시작된다)

밤이 오면

농악의 밤이 벌어진다

사물놀이의 네 가지 악기 (꽹과리, 징, 북 그리고 장구)

장구 장구 장구

들으러 가야겠다고 생각한다

잠이나 자러 가야겠다고 생각한다 (잠이 올 것 같다고

생각한다)

자버려야겠다고 생각한다

<옮긴이 주>

* 모오리돌(栗石): 밤자갈이라고도 하며, 모나지 않고 둥근 돌 또는 지름
  10-15cm 정도의 기초공사용 둥근 돌을 말함.

산들바람

산들바람
이 말의 울림이 좋아 이곳에 왔다
산들바람의 울림이 좋아 이곳에 있다
산들산들 산들바람이 스쳐간다
아아, 맞아 그 소요카제 와타루가 생각난다
여름이면 아득한 오제
물파초 꽃이……
미토 씨 노래 좀 불러 봐
그 노래 몰라요

난 알아 소요카제 와다루
나도 알아 소요카제 와타루 라는 노래
다카라즈카 가극단 호시구미 그룹에 속했던 배우죠?
맞아 다카라즈카 가극단, 여러분의 다카라즈카 걸
물파초의 여배우
오제의 습원에 바람이 스친다
땀이 식고 입가가 마른다
앞서가던 여성이 보이지 않는다

앞서가던 여성보다
두 살 위
허리가 아프다

둑 위의 백양나무에 기대어
소요카제 와타루는 서 있었다
시작 벨이 울린다
서둘러 자리를 찾는다
시작했다
소요카제 와타루가 노래한다
　　노 노 노 노 노 노오란 꽃
싱싱한 꽃
산들바람 불어 노랗게 흔들리네
미토 씨가 흥얼거린다
미토 씨는 좋은 사람이야
우에하라 병원 옥상에서 손뼉을 친다

<옮긴이 주>

* 소요카제 와타루: '산들바람이 스친다'라는 뜻의 일본어로서, 이 시에서는 동음이의어인 노래 제목과 배우의 예명을 중첩해서 사용했다.
* 오제(尾瀬): 후쿠시마, 니가타, 군마현에 걸쳐 있는 분지 형태의 고원. 국립공원이며 일본 최대의 산악 습원지대로서 자연의 보고이다. 활화산의 분화 활동에 의해 습원이 생성되었고, 물파초, 물이끼 등 습원 특유의 귀중한 식물 군락으로 이루어져 있다.
* 다카라즈카 가극단(宝塚歌劇団): 여성으로만 구성된 일본의 가극단. 1913년 '다카라즈카 창가대(宝塚唱歌隊)'로서 발족되어 1940년 현재의 명칭으로 바뀌었다. 공연 주제는 동서고금을 망라하며 역사극, 판타지, SF 등 다채롭다. 현재 하나구미, 쓰키구미, 유키구미, 호시구미, 소라구미의 5개의 그룹과 특별 그룹 '전과(專科)'로 구성되어 있다.
* 미토의 원어: 水戸.
* 우에하라의 원어: 上原.

141

섬 그림자

포포포

포탄이 날아와

언덕 위 경계초소를 날려버렸다

포포포포탄

북쪽에서 포탄이 날아와

산 그림자에 떨어진다

기어서 이원수 집에 도착해

빈지문을 두드린다

도도도 도망가자 포탄에 맞으면 모두 끝장이다

어서 도망가자

앗! 할아버지 월출산 할아버지

지금 공작중이라서요

일 마치면 도망갈게요 금방 끝납니다

입안에서 우물거리는 말소리

헉 헉 헉 헉 헉

숨소리가 하늘에 닿는다

이상한 놈이다

고환을 세 개나 달고

이원수와
그의 아내 박양지를
짐승 신에게 맡기고
이원수의 자식들을 찾는다
배를 보관하는 창고에서 연기가 난다
도망가자 배를 타고
이웃 섬으로 도망가자

할아버지 할아버지
아이들이 배 창고에서 나와
손을 흔든다
대합이 익었어요 게가 익었어요
드세요 광주 이 씨 할아버지
고마워 나중에 먹을게 나중에
지금은
지금은 도망가자
멀리 도망가자 새쫴기들아
불벼락을 맞고 생선구이처럼 타 죽은

고조할머니를 잊지 말아라

우린 괜찮아요
아이인걸요
우리는 구조될 거예요
아버지 어머니와 함께 구조될 거예요
할아버지 혼자 가세요
곧 배가 올 거예요

맏아들 이명은 마냥 부모의 그림자를 기다린다
돌기둥이 되어 산 그림자를 바라본다
둘째 아들은 여동생들에게 조개를 썰어준다
젖먹이 동생이 조갯국물을 빤다
쭉쭉쭉
시간이 멈췄다

앞바다에 배 그림자가 보였다
폭음이 멈췄다

겨우 끝났다.

이날의 공작이 끝났다

이원수가 아이들을 데리러 온다

아내 박양지가

남자의 등 그늘에서

호호호 웃는다

호호호 침이 튄다

알 밴 가자미 타는 냄새가 날아온다

<저자 주>
* 새꽤기: 갈대, 띠, 볏짚 등의 껍질을 벗긴 줄기. 여기서는 이 말의 의
  미를 살려 아이들을 지칭했다.

홍보

알립니다

이제 곧 바다가 됩니다

옛날엔 육지였습니다

지금은 바다입니다

지금, 육지입니다

언젠가 바다가 될 겁니다

보름달물해파리가 뿌옇게 흐려놓았습니다

이제 곧 바다가 됩니다

여러분 안녕히 가세요 선생님 안녕히 가세요

빨리빨리 문어의 발을 밟고

한 사람이라도 더

중학교에 가야 합니다

교정에

산나리 꽃 피는 중학교에 가야 합니다

영어 시간은 잠을 자도 괜찮습니다

쓰나미(tsunami) 같은 영어단어를 안 외워도 괜찮습니다

어제 중학교 뒷산에서

고대의 고래 뼈 화석을 발견했습니다

기다립시다
바다가 옵니다
중학교 과학실에서
기다립시다
조요옹 조요옹
기다립시다

3년 후

일 이 삼

이치 니 산

남자는 3이라는 숫자를 좋아한다

3년 만 기다리라고 한다

3년 뒤에는 마누라와 헤어질 거야

당신 삼류 남자로군요

일류 남자도 3을 좋아해

도깨비불 투수 밥 펠러는 말했지

난 삼류 투수야

아웃 하나 잡는 데 공을 세 개나 던져야 한다고

나는 삼류 시인이야

일류 시인 다무라가 말했지

언제나 삼류 위스키를 마시거든

그런데

여자가 좋아하는 숫자는

물론 1

히구치 이치요, 마지막 잎새의 존시

한 해 뒤의 프랑수아즈 사강

3년 뒤까지 생각하는 여자는 없다
내가 가장 아름다웠을 때
슬픔도 고독도 사랑조차도
일 년을 넘는 일은 없다고 하던
마르그리트는 눈을 감았다
3년 후의
이야기는 없다
우리는 없다
바닷가 집의
발코니가 썩어 간다

<옮긴이 주>

* 이치 니 산 : 기수 1, 2, 3의 일본어 발음.

* 밥 펠러(Robert William Andrew "Bob" Feller, 1918~2010): 미국의 프로야구 선수. 소속 구단은 클리블랜드 인디언즈가 유일하다. 시속 150km 후반대의 강속구를 주 무기로 이용해 1930~1950년대 메이저리그를 주름잡은 명투수이다. 일본에서 그의 별명은 '도깨비불 투수'였다.

* 다무라 류이치(田村隆一, 1923~1998年): 일본의 시인. 전후 일본 시에서 가장 중심을 이루었던 시문학지 『아레치(荒地)』(1947)를 창설하고 이끈 대표적인 시인이며, 전후 시에 다대한 영향을 미쳤다. 첫 시집 『4천의 날과 밤』(1956)을 시작으로 다카무라 고타로(高村光太郎)상을 수상한 『말이 없는 세계』(1962) 등 다수의 시집이 있다.

* 히구치 이치요(樋口一葉, 1872~1896): 일본의 여성 소설가. 단편 「신록의 그늘」, 「섣달 그믐날」, 「키재기」 등이 대표작이다. 2004년 현용 5000엔 지폐의 모델로 선정되었다.

* 마지막 잎새: 오 헨리(O. Henry, 1862~1910)의 단편소설 「마지막 잎새」의 일본어 제목은 「마지막 잎새 한 장」이다.

* 프랑수아즈 사강(Françoise Sagan, 1935~2004): 프랑스의 소설가. 18세에 발표한 첫 작품 『슬픔이여 안녕』(1954)이 베스트셀러에 오르면서 일약 스타 작가로 등극하여, 젊은 세대를 대표하는 작가로서 국제적인 반향을 일으켰다. 이 시에서는 그녀의 소설 『한 달 뒤, 한 해 뒤』(1957)를 인용했다.

* 마르그리트 뒤라스(Marguerite Duras, 1914~1996): 프랑스의 여성 소설가, 영화감독. 영화로도 잘 알려진 자전소설 『연인』을 비롯하여 『나의 사랑 히로시마』, 『인도의 노래』 등으로 국제적 명성을 얻었다. 이 시에서는 그녀가 죽기 1년 전에 집필한 수기 『이게 다예요』를 인용했다.

A DAY

외출.
그날, 문을 열고 밖에 나갔더니
금붕어가 헤엄치고 있다
싫다 이런 냄새
여름 햇빛 아래 금붕어 냄새
숨이 막혀 찻길로 나섰더니만
거북이가 죽어 있다
거북이가 차에 치어 죽어 있다
역시 거북이의 등딱지는 단단하다
등딱지의 무지개 모양은 그대로건만
머리와 손발은 무참히도 짓뭉개졌다
핏자국이 보이지 않는다
보기 싫다 이런 광경
끔찍해서 잰걸음으로 지나갔다
윙 소리가 나서 돌아보니
딱정벌레 한 마리가 날아간다
거북이 등딱지에 마지막 일격을 가한다
아아, 보기 싫다 동족상잔

새가 돌아보고

낄낄 웃는다

정말 싫다 이런 세상

싫다 싫어

구시렁구시렁 게정거리며 골목길을 걷다 보니

단풍철쭉 산울타리 위 커다란 고양이가 하품을 한다

일을 마치고 샛길을 걸어가는 창녀에게

고양이의 하품이 전염되었다

일을 마치고 돌아가는 창녀가 하품하는 모습을 보다가

연식 테니스공을 밟고 말았다

비틀거리는 나를

단풍철쭉을 심어 산울타리를 친 집에서

결혼도 안 한 할망구가 나와 새들새들 비웃는다

외출은 싫다.

재택.

역시 집이 좋다

여섯시와 열두시와 여섯시

문이 열리고 식사가 들어온다

쟁반 위에서

흰살 생선이 헤엄치고

빨간 토마토가 얼었다

돼지가 수많은 새끼돼지를 낳고 있다

아스파라거스에 수퇘지의 정액이

담뿍 묻어 있다

우물우물우물

꼬박 두 시간 잘근잘근 씹어 으깨고

홀짝홀짝홀짝

꼬박 두 시간을 들여

토마토주스를 다 마신다

간병인 여성이 신디 로퍼를 틀어 주었다

편히 주무세요

크림색 담요를 덮어 주었다

집이 좋다.

<옮긴이 주>

* 신디 로퍼(Cyndi Lauper, 1953~): 미국의 여성 싱어송라이터이자 배
  우, 사회운동가. 1983년 발표한 첫 정규 앨범 ≪She's So Unusual≫
  이 화제를 모으며 톱 가수 반열에 올랐고, 이후 영화에도 출연하는 등
  다양한 활동을 하고 있다.

불가사의

두루미가 울었다
요즘 들어
두루미 울음소리가 들리지 않는다
동 트기 전에 울던
두루미 소리가 들리지 않는다
이백 미터를 걸어
두루미 우리를 보러 갔다
없다
우리에 걸려 있던 안내판도
없다
두루미가 왜 사라졌는지
작은 동물원 관리자에게 물으니
가장 큰 이유는 근처에 사는 사람들이
동 트기 전에 우는
두루미를 못마땅해 해서……
날카롭고 높게
구슬피 우는
두루미 소리가 싫은 사람도 있다니
불가사의한 노릇이다

피자가게 마드리드의 배달 청년에게

피자가게 마드리드의 배달 청년
저번에는 정말
고마웠어요
요통 때문에 거동을 못하겠기에
이층까지 가져다 달라고 부탁했더니
물론이죠
밝은 목소리로 답하고 올라와주었던
피자가게 마드리드의 배달 청년
그땐
고마웠어요
한 번도 개키지 않은 이불 밑을 뒤적여
끄집어낸 너덜너덜한 삼십 년 전 만엔짜리 지폐
눅눅해서 약간 냄새가 나는데 괜찮나요
물론이죠
거스름돈은 이불 밑에 넣어 드릴게요
피자는 드시기 좋은 크기로 잘랐습니다

피자가게 마드리드의 배달 청년

지난번에는 정말

고마웠어요

네 지금은 많이 좋아졌어요

좀 더 좋아지기를

기원하지만요

지난번 배달 청년 같은

훌륭한 사람을 길러낸

당신네 영토를 위해

대홍수로 무너진

당신네 영토에 한가득

감자 씨앗을 심겠습니다

하얀 감자 꽃을 피우겠습니다

노란 감자 꽃도 피어나고

연자줏빛 감자 꽃도 피어날 겁니다

당신네 영토에 한가득

감자 씨앗을 심으려 합니다

지난번

피자가게 마드리드의 배달 청년

지난번에는 정말로
고마웠어요

유리문 안

내 귀가
내 왼쪽 귀가 이상한가
졸졸졸 시냇물 소리가 들린다
자주 가는 정형외과 의사에게 상담했더니
이비인후과로 진료기록을 넘겼다
무슨 소리가 들리십니까
강물 흐르는 소리가 나요
지금은 콸콸 흐르는군요
정신과로 진료기록을 넘겼다
목소리 큰 정신과 의사가
큰소리로 등산 이야기를 한다
겨울 산 계곡 얼음장 밑으로 흐르는
보이지 않는 큰 강의 물소리를 이야기한다
바람소리가 들리지 않을 만도 하지요
빛의 소리가 들리지 않을 만도 하지요
얼음장 밑을 흐르는
범람하는 강물 소리만
콸콸 들려오는 게 당연하지요

당신의 증상과 같단 말이오

이 정신과 의사

안타깝게도

병세가 꽤 깊다

도망치듯 진료실을 빠져나왔다

간호사가 황급히 황록색 소리를 지르며 쫓아왔다

잠깐만요 약국에서 약 받아가세요

처방전에 쓰인 글씨가 빨갛다

올림바(F#) 장조 조시모프 정 20mg 21일 분

그 의사 어쩌면 명의일지도 모른다

처방 받은 약을 먹고

터엉!

귓속에서

마른 우물에 두레박 떨어지는 소리가 나고

병원 유리문이 일제히 열리는가 싶더니

그 후로 아무런 소리도 들리지 않았다

<옮긴이 주>
* 조시모프: 도스토예프스키의 소설 『죄와 벌』에 나오는 정신과 의사.
  주인공 라스콜리니코프의 친구이다.

사무엘기(記)

고양이를 샀다
할아버지, 고양이와 잘 지낼 수 있죠?
팔려온 고양이여 노친네와 잘 지낼 자신 있는가

같이 살아보니 쓸데없는 걱정이었다
아기 고양이 사무엘은
말이 없고
내 수다에도 그다지 관심이 없다 보니
우리 사이에는 섭섭할 일도 없어서
그지없이 잘 지내고 있다
육체적으로
아기 고양이 사무엘도 나도
서로 양보해서
허공에서 사슴처럼 만나고 있다
음식이나 배설은
집 밖에서 해결하니
우리 관계는 얇게 쌓인 눈 같다
추운 겨울에는 함께 잔다

너와 더 빨리
만났으면 좋았을 텐데
인간 따위 사지 말 걸 그랬다
해 뜰 녘 식탁에서 푸념한다
바닥이 드러난 커피를 마시며
노인은 회한을
주절주절 늘어놓는다
사무엘은 식탁 위에서
재채기를 한 번 하고는
잠든 척한다
너를 사던 날
너는 첫눈 속을 헤치고
나가더니
어두워져서야 돌아왔다
생명의 냄새를 풍기며
고양이 좋아하는
옆집 주부가 준

우유를

실컷 먹고

발톱까지 다듬고 돌아왔다

우유 정도는

내가 먹여줄 수 있었는데

여섯시에 옆집

전동 덧문이 열린다

자

동물들의 시간입니다

나는 잔다

오전 열시

여느 때처럼

사무엘은 돌아왔다

인도차이나 소금

냄새를

내 이불로 옮겨 온다

옆집 주부가 가꾸는 라벤더 밭 향기를

옮겨 온다

고양이와 노인과 아시아와 버드나무가

한 이불에 뒤엉켜

한 짐승의 꿈을 꾼다

둑에서 살랑거리는 버드나무 꿈을 꾼다

행복하고도 짧은

현실 같기도 하고 꿈결 같기도 한 얕은

그날의 선잠

깨어보니

사무엘이 없다

물을 마시러 나갔구나

오후 한시 벽에 생긴 흔적을 보고

골똘히 생각한다

그렇다 우리는 모두

성(性)에 깊은 상처를 입은 사람들이다

진리여

진리여 진리

그런 노래를 부르던 가수는 누구였던가

어깨를 흔들며 밝은 목소리로

노래 부르던 가수는 누구였던가

환한 내쇼날 브라운관 안에서

노래 부르던 형님 같은

얼굴 환한 가수는 누구였던가

대중가요에 귀 기울이고

노래가 유행할 때마다

유행어를 신 나게 내뱉던

촌뜨기 형님 같은

나는 누구였던가

진리여 진리

진리에 다다르면

밝은 세상 오려니

그 시절에는 그리 믿었습니다

그리 믿고

웃으며 노래하며

가나메초 교차로를 건너갔습니다

시이나마치에 있는 어묵탕집

유리문 안을 채운 자욱한 김 안에

진리가 있을 줄 알았습니다

김이 모락모락 올라오는 어묵탕집 안쪽 계단을 올라갔습니다

무슨 일이세요?

이층 여인이 물었습니다

진리를 만나러 왔습니다

신디라면 군인을 따라 미국으로 가버렸는데요

앉은 채로 원피스를 벗으며 여자가 말했습니다

"진리가 당신에게"

편지를 보여주자 여인은 메마른 목소리로 웃었습니다

마리 말이군요

한자로는 진리(眞理)라 쓰고 읽기는 마리라고 해요

마리는 이제 신디 마리가 됐고요

오하이오주 콜럼버스에 있어요

그 시절에는

진리가 보고 싶었습니다

진리에 다다르면

사람답게 살 수 있다고 생각했습니다

보고 싶죠?

이층 여인이 말했습니다

불을 켜도 좋아요

스커트를 올리며 여인은 말했습니다

잘 보세요

<옮긴이 주>
* 내쇼날: 일본의 가전제품 제조업체.
* 가나메초(要町): 일본 도쿄 도시마구(豊島区)에 속한 지명.
* 시이나마치(椎名町): 일본 도쿄 도시마구에 속한 지명.

과자

구십 전 받아들고
오물 과자를 사러 간다
막과자집 주인아줌마 오물 과자 파나요?
봉지에 담아 파나요?

막과자집 아주머니 죄송합니다
그때는 죄송했습니다
일본어를 몰라서 죄송했습니다

그때를 돌이켜 보노라면 언제나 웃음이 나온다
오물 과자
아주머니는 조금 웃고 나서
너 어느 공장에서 일하니?
저에게 물었습니다

오뚝이 막과자집인 똥 갈봇집
아주머니
그때는 고마웠어요

나 구라하시에서 일해요
아주머니가 뛰쳐나갔습니다
구라하시 경금속 다이캐스트 공업
오후 세시의 디버링 공장
직공 대기실 안
무리 속으로
아주머니는 뛰어들어갔습니다
갓 없는 전구가 매달린
흐릿한 불빛 아래 무리 속으로 뛰어들어갔습니다

과자가게 아주머니
그때는 죄송했습니다
일본어를 못하는 나 때문에
공장 사람들과 싸우게 해서
그때는 죄송했습니다
가미조 사치에라는 어여쁜 이름
아주머니 이름을 어떻게 쓰는지

다음날 세시, 쉬는 시간에
일엔짜리 지폐를 손에 쥐고
진짜 과자를 사러 간 나에게
쓱쓱 써 주신 그 종이쪽지
가미조 사치에
붓으로 써 내려간 그 아름다운 글씨
갱지에 번지던
아름답던 그 다섯 글자
아름답던 그 아주머니

아즈마바시 심상소학교 야학 2학년 때 일을
아버지는 말씀하셨다
서예 시간
좋아하는 글씨체로
좋아하는 사람의 이름을 쓰라기에
가미조 사치에
손을 떨면서 썼다
신문지 위에 몇 번이고 썼다

가미조 사치에

그 사람 조선인이냐?

나보다 두 살 많은 옆자리 이 씨가 물었다

일본 여자요

젊은 여자냐?

이 씨 형님보다 연상이요

뭐야, 아줌마잖아

이 씨가 웃었다

나도 따라 웃었다

나와 옆자리 이 씨, 두 이 씨가 웃었다

앞자리에 앉은 두 양(梁) 씨가 웃었다

이 이름을 가진 부인은 공산주의자니?

야학 선생이 작은 소리로 물었다

공산주의자가 뭔가요?

나는 이 씨에게 큰소리로 물었다

교실이 조용해졌다

당신이 연상을 좋아하는 습성은

이 집안 유전이죠.

아내가 말했다

아들 녀석도 연상의 정부가 있고

당신 손자 가케루는

수영 교실에서

오즈카 루리코 선생님 얼굴만 빤히 쳐다보다가

수영장에 가라앉는대요

나는 올 여름

구라하시 경금속 다이캐스트 공업

근처의 막과자집인 갈봇집을

찾아갔습니다

아버지께 들은 알루미늄 공장은

외국어 상호로 명칭이 바뀌었고

아버지께 들은 도쿄 전문 공장은

에도 가린토 공장으로 명칭이 바뀌었다

아버지의

아들의

손자의

우리들의 막과자집인 갈봇집은

그 자리에 그대로 남아 있었습니다

오뚝이 키친집으로 상호 일부만 바뀌어

좁고 긴 빌딩 일층에 있었습니다

소나기가

찬바람을 몰고 왔다

나는

우리는

오뚝이 키친집 카운터에서

이런저런 이야기를 나누었다

증조모는 야마가타현 쓰루오카에 있는 꽤 큰 농가 출

신이고

지금은 가족묘에 잠들어 계십니다

새우튀김 요리를 만들면서

오뚝이 키친집 여주인은 외가 쪽

증조모

가미조 사치에 씨가 잠든 장소를
쪽지에 적어 주었다
야마가타현 쓰루오카시 가모보도지 절에
한번 찾아가 보련다

오물 과자라니!
그리도 오물 과자가 먹고 싶거든
너희들 똥이나
앞길에 있는 전분 공장에서 가루로 빻아다
실컷 처먹어!
여기 있는 가마솥에 구워서
헉헉
아무 것도 모르는 조선 아이 가지고 놀지 마!
헉헉
요다음에 만들어 팔 테니까
너희들 꼭 사먹어라
사 처먹으라고!

오물 과자 오물 과자
아버지는 그 이야기를 하시고
늘 껄껄 웃으셨다

그리도 재미있는 이야기인가
오물 과자
육십 년 묵은 이야기를 꺼내
손자에게 들려준다
오물이 뭐게?
똥
뭐, 똥 과자?
손자는
다섯 살배기 사내아이는 깔깔 웃었다
이상해 이상해 똥 과자 이상해
계속해서 웃었다
눈물을 그렁거리고 데굴데굴 구르며
웃었다

그 이야기가 그렇게도 우습니?
손자는
얼굴을 찡그리며 입을 다물었다

오물 과자
아버지가 웃었다
증손자가 몸을 들썩이며
자지러진다
아아 이상해
오물 과자
가미조 사치에 씨의 분노
조선 사람을 위해
그렇게 화를 낸 일본 여자는
처음 봤다
한참을 웃고 난 뒤
아버지는 말했다
이 나라에서 끓어오르는 분노
알루미늄 다이캐스트 공장 앞

오나리즈카 도오리 거리를

나는 잔인한 한 마리 여우가 되어

캥 하고 울부짖으며 목을 내리쳤다

오물 과자를 먹여 주리라

<옮긴이 주>

* 막과자(駄菓子): 조, 보리, 밀 등의 잡곡 가루를 흑설탕으로 반죽해서 구운 소박하고 값이 싼 과자.
* 오물(汚穢): 일본어 발음에서 오물은 '오와이'이고, 막과자(駄菓子)는 '다가시'이다. '오와이'는 오물, 더러운 물건, 똥, 대소변이라는 뜻이 있다.
* 갈봇집: 일본어 발음에서 갈봇집은 '다루마야(達磨屋)'이고, 오뚝이는 '다루마(達磨)'이다. 이 시에서는 발음이 엇비슷한 '다가시 다루마(오뚝이 막과자집)'를 '오와이 다루마야(똥 갈봇집)'라는 말에 빗대었다.
* 다이캐스트(diecast): 정밀한 금형을 사용하여 자동 또는 수동 방식으로 주탕하고 쇳물에 압력을 가해 주조하는 공업 방식을 말한다.
* 디버링(deburring): 공업용어로 연마작업 시 발생하는 이물질 제거를 말한다.
* 아즈마바시(吾妻橋) 심상(尋常)소학교: 아즈마바시 심상소학교는 도쿄 스미다구(墨田区)에 있었던 초등학교이며, 심상소학교는 1886년부터 1941년까지 일제가 초등 과정의 의무 교육을 행하던 학교였다.
* 가린토: 튀긴 밀가루 반죽에 흑설탕과 꿀을 발라 건조시킨 막과자의 일종.
* 오나리즈카 도오리(御成塚通り): 일본 도쿄 이타바시구(板橋区)에 속해 있는 지명.
* 구라하시의 원어: 倉橋
* 가미조 사치에의 원어: 上条早知恵.
* 야마가타현 쓰루오카 가모보도지 절의 원어: 山形県鶴岡加茂宝等寺.
* 오나리즈카 도오리의 원어: 御成塚通り.

제3부 유년 시절

유년 시절

태초에 말씀이 계셨나니
   흥
소리치며 가케루가 태어났다
   응차응차
소리치며 엉금엉금 기어다니더니
   으싸으싸
소리치며 첫걸음마를 뗐다
   놀자 놀자
소리치며 어제 놀러 왔다

놀다 지쳐서 드러누워 이야기를 하나 들려주었다
   그 사내아이는
   어머니를 위해 수프를 한 모금 마셨습니다
   여동생을 위해 포도를 한 알 먹었습니다
   고기랑 채소랑 아스파라거스도 잔뜩 먹었습니다
   많이 먹고 쑥쑥 자라서
   숲에 있는 모두를 혼내주고 싶었습니다

이야기를 들려준 뒤 두 시간을 자다가
　끙
소리 내며 일어나더니
　뿡
소리 내며 숲 쪽으로 달려갔다
숲에서
울새들 지저귀는 소리가 들린다
　차렷
숲에 있는 모두에게 호령을 한다
가케루의
고귀한 말씀 들리나니

나비의 행방

봄의 끝자락에서 우리는 깨달았다
어린 잎새 위에서 고물거리던
그 투실하고
아름다운 초록빛 벌레가
슬프게도
결국은 나비로 탈바꿈한다는 사실을

가을의 끝자락에서
아이야
초롱초롱한 눈으로
나비를 쫓지 말아라
우리는 아직 모른단다
나비가 날아갈 세상의 끝을

땅거미 진 초원에서
아이야
초롱초롱한 눈으로
나비를 쫓지 말아라

빛의 끝자락에서 녹아내릴
슬픔을
쫓지 말아라

경종

할부지 할무이 씨에 데려가께

세 살 생일에
바다와 소나기구름 나오는
그림책을 보다가
낯선 여자에게 이끌려
머나먼
유원지에
다녀온
사내아이
언덕 위 시골집에 돌아와 말했다
할부지 할무이 씨에 데려가께

그 그림책 속 그림에서
소리가 났다
바다에서도 구름에서도 소리가 났다
그리고 몇 글자가 적혀 있었다
여

름

바다

구

름

내년 생일에는

너를 바다에 데려가마

바다 울리는 소리를 들려주마

하늘에서 큰소리를 지르는

대만 스님을 만나게 해 주마

아까부터

마을에서 경종이 울린다

사내아이가

바다와 소나기구름이 나오는 그림책을 보고 있다

<옮긴이 주>

* 씨: 지바현(千葉県) 현에 위치한 도쿄 디즈니 씨(Tokyo Disney Sea)를 가리킨다. 바다를 주제로 한 테마파크로서 도쿄 디즈니랜드와 함께 도쿄 디즈니리조트 내에 있다.

* 대만 스님(台湾坊主): 일본 남해안 저기압의 별칭. 주로 겨울과 봄에 걸쳐 일본 도카이(東海)・시코쿠(四国) 지역 앞바다, 동중국해 등지에서 발생한다. 일본 남해안을 따라 이동하며 많은 양의 눈 또는 비를 내리게 하고 한파를 일으킨다. '대만 스님'이라는 속칭은 일기도에서 저기압 주변 등압선이 스님의 머리 모양을 닮은 데서 유래했다.

오월의 푸른빛에게

숲 속 포장도로를 걷는다
길 위에 온통
나뭇잎이 어지러이 흩어져 있다
잎은 어디서 왔어?
세발자전거를 세우고
아이가 묻는다
나뭇가지에서 떨어졌단다
나뭇가지를 올려다보며
아이가 묻는다
왜 떨어졌는데?
어젯밤 폭풍우에 휩쓸려
떨어졌단다
왜 휩쓸렸어?
모가지가 잘려
날아갔거든

선문답의 숲에서 우리는 길을 잃었다
아이의 사고가 멈추었다

등이 뻣뻣해졌다
아이의 등을 미는
내 손도 뻣뻣해졌다
오월에 떨어진 이파리의 초록빛이 아리다
할아비인 나의 오월은 시리다

가케루의 등

아침

마루에 앉아

강낭콩을 먹는 가케루

그 등이

아침햇살 환한 들판에서 이슬 맺힌 풀을 뜯는

산토끼처럼

바르르 떨린다

나는

야생여우처럼

살금살금 숨죽이고 다가가

아이의

등에 왼쪽 뺨을 대본다

핏줄 속을 흐르는 생명의 소리가 들린다

내 얼굴만한

자그마한 등은

할아비가 하는 대로 가만히 내버려둔다

앙고라 셔츠에 감싸인

가케루의 등이

포근하다

개나리꽃 핀 고개에 햇살이 비치고

바람이 불어왔다

마을에서

생선과 인분 냄새가 풍긴다

산토끼가 뜀박질할 시간이다

애야, 기저귀 갈자꾸나

<옮긴이 주>
* 앙고라(Angora): 터키의 수도 앙카라(Ankara)의 옛 이름. 고급 모직물
  의 원료인 앙고라염소, 앙고라토끼의 원산지로도 유명하다. 이를 따서
  이들 동물의 털로 만든 직물을 앙고라라고 통칭한다.

눈물샘액 과잉분비 증후군

밭에서

벌써 백 번도 넘게 코를 풀었다

벌써 백 번도 넘게 눈물을 훔쳤다

할부지 울어?

가케루가 물었다

꽃 때문에 그래

꽃을 타서

꽃에 짓물렀어

꽃밭 사이로 난 길을

우리는 걸었다

논 한복판으로 나오니

바람이 스쳐 지나가서

콧물이 마르고

눈물이 멎었다

다 나았어?

가케루가 물었다

벼 이삭이 푸르다

벼 이삭이 향긋하다

벼 이삭이 꼿꼿이 서 있다
벼 이삭 사이로 난 길을
우리는 걸었다
아까는 그 꽃에 왜 그렇게 당했을까
스스로에게 물었다
부용의 하얀 꽃을
꽃부리만 잘라서 말렸다가
가루를 내어서 유채기름에 개어
짓무른 눈에 약으로 쓸까
또 그렇게 부용꽃에 맥없이 무너졌다
논길이 끝나고
드디어 그 사람이 잠든 뒷산에 다다랐다
그 여성 열사의 기념문 아래에서
눈물이
콧물이 왈칵 쏟아졌다
이번에는 붉게 옻칠한 문에서
옻을 탔나 보다
눈물을 흘리면서

열사의 이름을 읽었다
테자 모닐리 프리치나

〈저자 주〉
* 테자 모닐리 프리치나(Teja Monili Prichina): 일본 제국주의시대 만주
에서 독립운동을 도왔던 한 조선 여성의 러시아 식 애칭. 역사에는 남
아 있지 않지만 여성 무명 열사의 대명사로서 이 이름을 사용했다.

새를 쏘다

쌀쌀맞네, 라는 말
싸늘한 키스
뜨거워요, 라는 말
싸늘한 키스와 뜨거운 입맞춤
시정(詩情)과 열정(劣情)
반감
어느 쪽이든 상관없어
솔직히
동정(同情)은 낳아 보고 싶다
제노사이드를 가두고
시의 원리로 아이를 구한다
연민
사막
산골짜기
저무는 해
총을 땅에 묻자
도요새가 날아오른다
가을

나는 차를 마시며

말을 만들어낸다

겨울

가미스의 갯벌에서

총성이 들린다

지척에서 새를 쏘고 있다

증오도 없이

새를 쏘는 사람이 있다

내가 사람을 쏜 이유는

증오였다

증오하지도 않는데

왜 새를 쏘는가

사실은

새를 죽도록 미워하는 걸까

<옮긴이 주>
* 제노사이드(genocide): 민족, 종족, 인종, 종교 집단 등 특정 집단을 대
  량 학살하는 행위.
* 가미스(神栖): 이바라키현(茨城縣)에 속한 지명.

가이지 고보토케 고개

가을은 상냥하다

부드러운 바람이 뺨을 식힌다

낙엽으로 뒤덮인 길을 걷는다

가을은 부드럽다

햇살은 상냥하다

사람이 물 흐르듯 지나간다

벌써 한나절이나 걸었다

내가 내쉬는 숨이

몹시 거칠어진다

앞서 걷는 여인의

볼깃살이 일그러져 보인다

저 멀리 어디에선가

새가 날카로이

한바탕 울었다

햇살이 아무래도 예사롭지 않다

<옮긴이 주>
* 가이지 고보토케 고개(甲斐路小仏峠): 가이(甲斐)는 현재의 야마나시현
  (山梨県)의 옛 지명이며, 가이지(甲斐路)는 도쿄와 교토(京都)를 잇는
  도카이도(東海道)에서 갈라져 나온 도로 명. 고보토케 고개(小仏峠)는
  그 길에 위치한 높이 548미터의 고개이다.

개 같은 내 생활 - 키니코스

우리 집에 고양이가 있다
오래오래 살고 있다
벌써 사십오 년이나 살았다
이사를 여섯 차례 했는데
그때마다 이삿짐에 숨어들어
칵칵 울면서 따라왔다
새로 살 집에서는
재빨리 자기 자리를 차지한다
침대 겸용 의자 위에서 몸을 웅크렸다 폈다
하품을 해대며
온종일 늘어져 지낸다
가끔씩 뜰에 나가
장미 꽃송이를 말끄러미 들여다본다
고양이에게 전화가 걸려온다
수화기에서 카랑카랑한 여자 목소리가 새어 나온다
　쓰레기는 잘 치우고 있지?
　너희 집 강아지 같은 남편 말이야
내 흉을 본다

나는 '으르렁' 하고 전화기를 향해 부르짖었다

　시(詩)가 뭐 어때서

　돈도 안 드는 취미인데

　그거야 그렇지만

나는 벌거벗은 채 어슬렁거리며

한쪽 다리를 들고 오줌을 누고

가끔 발정이 나면

밖으로 나간다

<저자 주>
* 키니코스(그리스어 Kynikos, 영어 Cynics): 고대 그리스의 철학 사조
　중 하나인 키니코스학파. 견유주의(犬儒主義)라고도 한다.

땅벌

곽란이나 걸려 죽어 버려라

끝내도 그만이야
한마디 내뱉고 초막을 나온다
서쪽을 향해 걷는다
고요하다
바람이 보이지 않는다

오사토군 구마가이마치 관공서의
온도계가
화씨 100도를 가리키고 있다

끝내도 그만이야
강을 향해 걷는다
원추리꽃 핀 들판을 지나간다
나그네처럼

잡초가 무성한 강가를 걷는다

아까부터
내 가슴 언저리를
땅벌 두 마리가
흘레붙은 채 날아다닌다

검은 아지랑이인가

9월 하늘 여름이 끝이 없다
땅벌 교미가 끝이 없다
내 광기가 끝이 없다
내 눈앞에 흐르는 저 오래된 이루마가와강이 끝이 없다

끝내도 그만이야

<저자 주>
* 9월 하늘: 2010년 9월 5일의 하늘.

<옮긴이 주>
* 곽란(霍亂): 갑자기 토하고 설사가 나며 고통이 심한 급성 위장병. 복통이 심하고 안색이 창백하며 손발이 차고 열이 많이 나며 어지럽고 머리가 아프다. 심하면 경련을 일으키고 혼수상태에 빠진다.
* 오사토군 구마가이마치(大里郡熊谷町): 사이타마현 구마가야시(熊谷市)의 옛 이름.
* 이루마가와(入間川)강: 사이타마현 서부에서 중부로 흐르는 강.

야경증

어젯밤은 무서웠단다
잠을 자던 어린 너의
식은땀을 닦아 주자
너는
일어나
벽에 대고 한참을 울더구나
이불에 눕혔더니
도로 잠들었단다

기억나지 않는다

어머니의 말씀이 불현듯 떠올랐다
방금 야경증이라는 소아과
의학 용어를 듣고
어머니의 말씀이 떠올랐다
'넌 꺼림칙한 아이였다'

기억나지 않는다

어린 시절은 아무 것도 기억나지 않는다
그런데도 어머니의 그 말씀이 떠오른다
그렇구나 야경증이었구나

지금 노인 야경증을 앓는지도 모른다
혼자서 자니까
알려줄 사람이 없다

가끔
밤에
두루미를 본다
어디서 봤더
라

하얼삔

하얼삔
아버지가 늙으셨을 때
어렸을 적
이야기를 들려주셨다
　　하얼삔
　　규슈에서 온 기무라 씨를 따라
　　만주에 간 적이 있었지

하얼삔이 아니라 하얼빈(哈爾濱)이라고 쓴다
어제 만주에 관한 책을 읽고 알았다
하얼빈 갯버들이 살랑이는 거리

　　불볕더위 속을 걷고 있었지
　　너 대판에서 온……
　　어른들이 조선말로 말을 걸더구나

옛이야기를 잘하지 않던 아버지가
어릴 적 이야기를 꺼내셨다

205

나는 손녀에게
추억을 이야기하기 시작했다

　　열한 살, 너만 했을 때
　　술에 취해 길거리를 쏘다녔지
　　아카다마 포트와인
　　거짓말쟁이처럼 달콤한 술

나는 어릴 때 일은 다 까먹었는데
손녀가 말했다

　　너는 온천탕에 빠질 뻔한 적이 있었지
　　두 살 때
　　가마고리 온천 기억나지?
아니 기억 안 나, 손녀가 대답했다

<옮긴이 주>
* 규슈(九州): 일본 열도를 구성하는 네 개의 큰 섬 중 가장 아래쪽 남서
  부에 위치하며, 옛날부터 대한해협을 사이에 두고 한반도를 오가던 길
  목이다.
* 대판(大阪): 오사카를 말함. 일본 간사이(関西) 지방의 중심도시이며,
  수도 도쿄 다음으로 큰 도시이다. 재일교포가 가장 많이 사는 지역이
  기도 하다.
* 아카다마 포트와인(赤玉 Port Wine): 1907년 고토부키야(壽屋) 양주 회
  사가 제조·발매한 일본 최초의 국산 포도주. 현재는 고토부키야의 후신
  인 주식회사 산토리(Suntory)가 아카다마 스위트와인(Sweet Wine)이
  라는 이름으로 발매하고 있다.
* 가마고리온천(蒲郡温泉): 아이치현(愛知縣) 남동부 가마고리시에 위치
  한 유명 온천 마을.
* 기무라의 원어: 木村.

207

청계천

청계천
아이의 거리가 증조부의 거리였던 시절
아이의 개울은 맑은 물이 흐르고
아이들은 나무통을 개울에 담가 마실 물을 길었단다
헤엄도 쳤어?
헤엄을 치거나 놀지는 않았어

한여름의 물놀이는 한강

봄날의 어머니와 누이의 빨래터는 한강

한겨울의 아이들 얼음지치기는 한강

처녀 총각이 언약하는 곳도, 죽는 곳도 한강
쪽배를 띄워 가무를 즐기는 곳도 한강

청계천은 입을 헹구는 개울

뇌를 수정으로 바꾸는 개울

청계천에 놓인 너른 다리에서
깊은 시름에 잠겨 있자니
노란 재킷에 파란 바지 초록 구두에 빨간 모자를 쓴
사내아이가
총총걸음으로 이리로 걸어온다
으하하 나는 웃었다
알록달록한 아시아의
혼돈의 아시아의 한국 아이가 오는구나
으하하
아시아의 다이내믹한 세련미인가
으하하 목청 높여 웃었더니
와하하 웃으면서
배를 두드리며 아이가 다가온다
윽! 신음하며 그 아이를 보니
노란 재킷에 파란 바지 초록 구두에 빨간 모자

내 손주인 가케루, 아시아 속 혼돈의 아이

존재의 본원을 향한 디아스포라의 순수와 낭만

정병숙(시인)

1.

호소다 덴조 시인의 시는 국외자나 이방인으로서 지닌 디아스포로라적인 감성, 그리고 그 감성에서 비롯된 순수성을 지니고 있다. 호소다 덴조 시인은 한국인으로서의 원형적 혈액이 흐르는 국외자이다. 시인은 아웃사이더의 경계에 있으며 디아스포라적인 삶을 살고 있다. 그의 시에 등장하는 시간과 공간을 관찰하면 유랑의식을 엿볼 수 있다. 시인은 때로는 자연에 의탁하고 때로는 자연에서 위로받으며 '잠자리의 목소리'를 듣고 싶어 한다. 에로스적인 감성은 그 대상이 자연에서 사람으로 옮겨오는데 습한 흙냄새와 젖은 풀 냄새를 맡으며 6월을 '발정하는 계절'이라고 표현하는 것에 주목할 필요가 있다. 또한 그 감성은 사람에게서 자연으로 옮겨가기도 한다. 다양한 물질적 표상은 디아스포라의 입장을 드러낸다. 고향에 대한 기억을 도시에서 찾으려는 것은 우리를 슬프게 한다. 서정적 시어들은 그리움으로 살아나 도시를 활보하고 있다. 고향을 그리워하는 감성이 평생의 삶을 지배하고 있다. 기억을 더듬어 고향으로 가는 이정표는 이국의 정취를 숨기지 못하였다. 이국적 공간에 안주하려는 그의 내면이 보이긴 하지만 시인의 시에서 느껴지는 디아스포라의 배경과 음률, 시간여행은 여기서 시작한다.

2.

호소다 덴조 시인의 시에는 장수잠자리의 노랫소리가 숨어 있다. 그의 아버지 고향은 장수잠자리를 타고 몇 시간 안에 곧 도착할 수 있는 공간에 있다. 그의 의식 속에 존재하는 아버지에 대한 추억이 시인의 오른쪽 눈을 찌른다. 2006년에 태어난 시인의 손자인 가케루의 얼굴 바로 앞에서 정지 비행을 한다. 장수잠자리의 잠망경처럼 생긴 겹눈 속에서 두 명의 소인 병정이 말을 걸어오자 안심을 한다. 두 명의 소인 병정은 곧 시인의 아버지와 시인, 시인과 가케루를 상징한다.

팔월이 와서
가케루와 둘이서 물가를 걷고 있노라면
꼭

잠자리 한 대가 급강하해 옵니다
양쪽 네 장의 날개를 펼쳐
우리의 머리 위를 스쳐
날갯소리를 내며 멀리 저 하늘로 사라져갑니다
결코
우리가 잠자리 노래를 부른 건 아니었습니다
잠자리의 목소리를
잠자리의 목소리를 듣고 싶다고 생각했던 겁니다
드디어 오늘
가을이 시작된 날
거대한 놈 한 대가
거대한 그늘을 드리우며 내려왔습니다
요놈은 뾰족한 꼬리의 끝으로
내 오른쪽 눈을 찌르고
가케루의 얼굴 앞에서 멈추었습니다
마침내 정지 비행입니다
마침내 가케루는 보았습니다
거대한 장수잠자리 겹눈 속 조종석에서
두 명의 소인 병정이 말을 걸어오는 것을

긴 시간이 흐른 것 같았습니다
사실은 5초 정도 눈싸움을 했고
장수잠자리는 숲으로 돌아갔습니다
잠자리의 목소리를 들었다고 가케루가 중얼거립니다
할애비도 들었단다

그때

숲에서 피리 부는 소리가

흥겨운 악대의 연주 소리가

아이의 울음소리에 섞여 들려왔습니다

　　　　　　　　　　　　　　　　-「장수잠자리」 전문

　시인이 5초 정도 짧게 눈을 맞출 때 장수잠자리는 숲으로
돌아가 버린다. 시인이 걸어왔을 그 시간들은 짧은 시간, 잠
시 지상에 드리워진 '불멸'의 짧은 찰나였다. 아버지와 함께했
던 유년의 시간들이 마음속 깊은 곳에 남아 있으나 울음소리
를 듣고 현실로 돌아온다. 현재를 살아가는 데 있어 버팀목이
되어준 아버지다. 슬픔이 감각적인 시어로 재생산된다. 시인
은 고향에서 체험했던 추억을 기억 속에 영원히 가두어 두고
자 한다. 그러나 숲으로 돌아가 버린 장수잠자리는 다시는 만
나지 못할 단절성을 갖는다. 시인은 6월을 '발정하는 계절'이
라고 말한다. 모든 암컷들이 발정하는 시기가 되면 수태가 가
능해진다. 암컷들은 수컷을 찾으며 식욕을 잃는다. 아마도 '마
루야마 가오루'의 시비 보존회가 6월에 열리니 그때 마루야마
가오루를 만나는 기분을 표현한 듯하다. 그리고 호소다 덴조
시인은 마루야마 가오루와 같은 이방인의 삶을 이해하고 있
었기에 동병상련(同病相憐)을 느꼈을 것이다.

　유월의 토요일 오후

　구름 때때로 안개비

213

산골 마을 냄새가 난다

비 냄새가 난다

산기슭 무논의 물 냄새가 난다

습한 흙냄새가 난다 젖은 풀냄새가 난다

발정하는 계절이다

반가운 냄새

반세기 전 도쿄 근교에서도

오월이 되면

이런 냄새가 났다

정자(精子) 냄새다

이제 됐다

어딘가에 모더니즘의 꽃냄새는 없을까

농가의 마당 끝에 붉은 장미가 피어 있다

나는 그 꽃을 향해 달려갔다

얼굴을 갖다 대니

아니나 다를까 역시 강한 귀부인 같은 향기다

저는

이렇게 많은 올챙이는

처음 보았어요

무논 쪽에서 도쿄에서 온 여자의

낮은 목소리가 들려온다

-「이와네사와」 전문

흙냄새와 풀 냄새는 아버지의 고향 냄새이다. 그 고향 냄새를 맡는 동시에 도쿄의 도시 냄새를 맡는다. 그 도시 냄새는 '5월의 정자 냄새' 같고, '도회지 여자의 분 냄새' 같다. 이미 그는 그 꽃에 취한 나머지 아주 세련된 장미와 정을 통하고 싶었으나 그는 마음만으로 간음한다. 시인은 이미 노년기에 접어들어 어느 사이 올챙이가 살고 있는 시골에서 도시 여자의 음성을 듣는다. 이를 통해서 지난날을 떠올리고 있다.

고향에서 여섯 밤을 잤더니
말을 잊었다
나는
고향 말을 할 줄 모른다
고향 사람들은 일본말을 할 줄 모른다
배가 고프면 저기요 하며 울상을 짓고
졸리면 우우 신음했다
나는 개와 고양이와 함께 셋이서 잠을 잤다
박 씨네 며느리가 물과 음식을 가져다주었다
어제부터
백합 뿌리 썩은 냄새가 난다
교미하고픈 순수한 이성들이 들판에 가득해서
형이상학에 대해 생각했다
우리가 죽어
육체가 썩어 없어지면
영혼도 소멸할까
아니면
우리의 육체가 흙덩어리에 스미어

검은색과 회색의 줄무늬 모양으로 남듯이
영혼도 흉터가 되어
고향의 석양 속을 영원히 떠돌까
그럴까? 고양이야
야옹. 고양이는 무심한 소리로 응수한다
우우. 개는 낮게 짖고는 입을 다문다
나는 초가집에서 기어 나와
박 씨네 며느리의 엉덩이를 뒤쫓는다
저기요 저기요 하며 울상을 지으면서

-「저기요」 전문

    이 시는 아버지 고향이 자신의 고향이기도 하다는 시의식을 보여준다. '저기요'는 명백한 언어를 찾지 못할 때의 표현이다. 마음속으로는 아버지의 고향을 품고 살지만 오랜만에 찾은 고향에서 소통은 쉽지 않았다. 하지만 그들은 이미 동물적인 감각으로 단련되어 있기도 하였다. 배가 고프면 '저기요' 졸리면 '우우' 신음을 한다. 백합 뿌리 썩는 냄새에 교미가 하고픈 본능들이 살아난다. 고양이가 무심한 소리를 내면 개는 낮은 소리로 응대한다. 시인은 초가집을 나와 음식물을 가져다주는 이웃집 아줌마 박씨네 며느리 엉덩이를 뒤쫓으며 고향의 허기짐을 '저기요 저기요'라고 표현한다.

검은 아스팔트 길을
백구 한 마리가

어청어청 걸어가고 있다

차를 세우고

멍멍아 비틀대며 어디로 가는 거니

말을 걸었지만

못들은 체

뒤도 돌아보지 않고

고개를 넘어간다

아리랑

아리랑

아라리요

고개에

꽃이 피어 있었지만

무슨 색인지는 기억나지 않는다

내일부터

추석이다

-「아리랑」 전문

백구라고 하면 진돗개가 떠오른다. 진돗개는 수렵에 능통하며 주인을 잘 섬긴다. 이는 인간 삶의 신의 없음과 사뭇 다르다. 시인은 아버지에 대한 기억을 되살려 비틀거리는 백구에게 말을 건네 보지만 백구는 못 들은 체 고개를 저을 뿐이다. 강진은 소백산맥과 노령산맥으로 둘러싸인 곳이다. 중앙부에는 산맥이 동서로 가로질러 있으며 그 사이에 평야가 분포하고 있다. 이곳은 사방이 산으로 둘러싸여 있어 고개가 많다. 시인은 고향을 떠나 주변인으로 살 수밖에 없었던 과거를 생각하며 힘들어 하는데 아리랑을 부르며 고개 하나를 넘어가는 백구의 모습에서 아버지를 본 것이다.

오랑캐가 온다
으름장을 놓아 아이들을 재우자
피로가 풀린다
마취목 이파리를 달여
마누라를 재우고
어두운 밤거리로 나선다
길을 헤맬 일은 없다
안개가 자욱하게 덮여온다
내일은 는개가 짙게 끼겠군
짐승의 냄새가 코를 찌른다
가까운 곳에 호랑이가 있다
위험해 오늘밤은
이웃 마을 이영희의 육체를 포기하고
길을 돌아간다

온돌방 아랫목에서 잠든 소녀
귀여운 딸의 새근거리는 숨결
김 냄새가 난다
갯바위에서 노는 꿈을 꾸는 듯하다
바싹 달라붙어서
네 살배기 아들이 자고 있다

엄마 하고 작게 외친다
무서운 꿈을 꾸고 있는 듯하다

여름에 아이들을
바다에 데려가야지
명태처럼 잠든 마누라를 깨워
막걸리를 들이킨다.

−「겨울 남자」

　시인은 아내와 함께 여행을 떠나려 했으나 기상이 안 좋아서 여행을 하지 못할 것에 대해 염려한다. 또한 오랑캐가 쳐들어올 것에 대한 걱정까지 한다. 이는 아버지에 대한 고향과 내 고향을 절대 잊지 않겠다는 다짐이다. 시인은 과거의 고향과 현재의 고향에 대한 이중적인 정서를 지니고 있다. 따뜻한 아랫목에는 귀여운 딸과 네 살배기 아들이 새근거리며 자고 있다. 시인은 너무 행복해서 오히려 두렵기도 하다. 결코 화해를 하지 못한 겨울 남자는 명태처럼 자는 아내를 깨워서 막걸리를 들이켜고 아버지 고향에 대한 그리움을 간직하고자 꿈속의 꿈을 꾼다. 시인의 몸속에는 대한민국의 피가 뼛속 깊이 흐르고 있다.

3.

호소다 덴조 시인의 시어에는 투명한 리듬감이 살아 있다. 일상적이면서 비일상적이고 시어가 높이 점프할 때도 리듬의 높낮이가 있으며 화음을 이루고 있다. 또한 손자 가케루의 시선을 통해 아주 참신한 매력을 발산하며 언어들이 생생하게 살아서 꿈틀거리는 동심의 세계가 존재한다. 독자들은 그 속으로 한없이 끌려간다.

'반짝 반짝 반짝이며/저녁 해가 지네요.'
'반짝 반짝 반짝이며/해님이 숨네요.'

'반짝 반짝 작은 별/아름답게 비추네.
'서쪽 하늘에서도 동쪽 하늘에서도'

시인이 인용한 일본 동요는 우리나라 번안 동요 '작은 별'의 한 소절을 부르고 있는 듯한 착각을 불러일으킨다. 작은 별이 반짝이는데 해가 숨는 것은 자연의 순리이다. 가사에서도 우리의 눈시울을 적시는 시어가 있다. 그러나 그는 내일의 해가 다시 뜰 것이라는 것을 알고 있기에 결코 슬프지 않다. 콧노래가 나오고 소년이 태양을 향해 총을 쏜다. 그리고 할아버지에게 영원 같은 건 말하지 말라고 한다. 이는 해가 떨어지고 나면 할아버지의 슬픈 노랫소리가 들릴지 모르기 때문이다.

바다가 보이는 언덕에 서 있다
파도 소리가 들리지 않는다
바다는 하얀 빛으로 반짝인다
해거름인데
저녁 해가 보이지 않는다
여느 때처럼
저녁 해를 찾는다

저무는 바다에 저녁 해가 보이지 않는다

반짝반짝 반짝이며 저녁 해가 지네요
반짝반짝 반짝이며 해님이 숨네요
모두 모두 반짝반짝 가라앉고
내일 또다시 되살아난다
내일 또다시 되풀이된다
끝없이 되살아나는 빛이여
영원이여

여느 때처럼 콧노래를 부르고 있노라니
탕 하고 총소리가 들린다
또 하나의 바다를 건너서
또 하나의
뭍의 나라 쪽에서
총소리가 들린다
탕탕탕

아아, 나의 소년이 뭍의 나라에서

지평선으로 떨어지는 태양을 향해 권총을 쏘고 있누나

탕탕

할아버지, 절대로 말하지 마

탕탕

모바일·총소리·모바일

해거름 바닷가에 소년의 목소리가 울려퍼진다

할아버지, 영원 같은 거 절대로 말하지 마

— 「바닷가에서」 전문

잘생기고 신기한 돌은 사람들의 사랑을 받는다. 돌을 사고 팔아 이익을 남기는 상인도 있다. 시인은 그의 아버지의 고향을 버릴 수 없어 일본, 한국이라는 이원화 된 나라에서 이원화 된 의식으로 갈라진 두 언어를 쓰고 갈라진 애달픔을 지니고 살아왔다. 이리저리 치이며 한곳에 머물지 못하는 방황하는 의식, 때론 혼돈 그 자체로 살아왔을 것이다. 돌멩이는 돌덩이보다 작은 돌이다. 호소다 덴조 시인의 시 의식이 돌멩이 같다는 표현은 왜소한 몸집을 가졌지만 단단하고 야무진 정신세계를 나타내고 있는 데서 기인한다.

손자 가케루는 무슨 일이 있었는지 할아버지에게 '때려 달라'고 한다. 할아버지는 손자가 무슨 일로 분노하는지 몹시 궁금하다. 그러나 할아버지는 알려고 하지 않으며 함께 강을 건너 주겠다고 한다. 느닷없이 가케루는 '할부지도 할부지가 있었는지'를 묻는다. 시인은 손자 가케루가 '사토시'하고 싸웠다는 것을 알게 된다. 가케루와 사토는 장래의 대한 희망을 서로 반대 되는 입장에서 말했기 때문이었다.

> 조선의
> 흰 무명옷을 입은
> 그런 할아버지가 나는 되고 싶었단다
> 얏 하고 외치며
> 공기를 가르고 강물을 얼어붙게 만들고
> 돌팔매질로 물오리도 잡는
> 그런 할아버지가 나는 되고 싶었단다
>
> 반짝반짝
> 가케루의 잠든 얼굴이 달아오른다
> 가케루의 숨소리가 새근새근 헤엄친다
>
> 우리들 아래로
> 강이 흘러간다.
>
> ─「조부기祖父記」 부분

'사토시'와 '가케루'의 대화 내용을 볼 때 이는 분명 일본과 한국 두 나라 간의 관계 개선에 대한 염원을 나타내고 있으며, 호소다 덴조 시인이 두 나라 사이에서 닳고 닳아 옥석 같은 조약돌로 거듭나는 잘 정제된 감각적인 언어로 표출되고 있음을 말해 주고 있다. 조선의 할아버지가 '흰 무명옷을

입고' 돌팔매질로 물오리 잡는 멋진 모습을 손자에게 보여주
고 싶으나 가케루는 잠이 들고 강물은 무심히 흐르고 있다.

오후 햇살 속
하늘을 실컷 보고 나니
바다 이야기가 하고 싶어져
싫다는 손자 녀석 등을 떠밀어
역사 건물의 초밥집 '바다 이야기'로 들어간다
말없이 카운터 앞자리로 가는
무례한 손님 둘
할아버지와 손자
음료는 무얼 드릴까요?
물 두 잔
음식은 김과 오이만 주면 돼요
귀염성 없는 꼬마 녀석
난 생강절임과 된장국만 주시오
인상 고약한 영감탱이

가케루와 바다 이야기를 했다
시작은 신(神)
가케루가 먼저 꺼낸 말이다

가게는 붐볐다
카운터에 앉아 꼼짝하지 않는 두 남녀
테이블에서 재잘거리는 가족

새들이

죽은 물고기를 쪼아 먹는다

바다가 넘실거린다

암초가 밀물에 숨는다

썰물이 빠지며 암초가 드러난다

물고기가 죽어 있다

노인이 떠다닌다

죽은 물고기의 시호가 벽에 걸려 있다

풍요로운 바다여

가게루는 엄마 뱃속으로 돌아가고 싶어 한다

암실로 돌아가고 싶어 한다

나는 혼돈으로 돌아가고 싶다

초밥집 주인은 우리한테 돌아가 달라고 한다

나는 고맙다고 인사한다

오늘은 바다에 대해

알찬

이야기를 나누었습니다

-「바다 이야기」 전문

    할아버지와 손자가 초밥집에서 일상적인 이야기로 대화를 시작하려다 옆 테이블에 앉은 할아버지와 손자가 주문하는 것을 본다. 식탁에 놓인 물 두 잔과 손자로 보이는 아이가 시킨 것은 달랑 '김과 오이'뿐이고, 할아버지는 '생강절임과 된

장국'을 시킨다. 그리고 손자와 시인은 자신들을 부각시키기 위해 바다 이야기를 하는데 바다 이야기의 '시작은 신' 가게루가 먼저 말을 꺼낸다. 손자와 할아버지가 나누는 대화는 존재 원형의 의미에 대해 생각하게 한다. 할아버지의 음식 선택에서도 오래된 입맛이 남아 있다. 일상적인 언어에서조차 충돌이 나타난다. 세대 차이는 두 나라를 순간적으로 분리시킨다. 가게루는 원형의 상태로 돌아가고 싶어 하고 시인은 여전히 이방인이 되어 방황한다. 그러나 시인은 결코 혼돈 속에 있지 않았다는 사실을 '오늘은 바다에 대해 알찬 이야기를 나누었습니다'라는 구절에서 확인할 수 있다.

4.

호소다 덴조 시인의 내면의식은 유년의 고향을 향해간다. 모국어의 혼돈에 좌절하지 않고 모국어의 속살을 받아들여 존재의 의미망을 넓혀 나간다. 유년의 시절로 돌아가 가게루를 만나 여생을 보상받고자 한다. 그는 그때서야 비로소 아름다운 초록 벌레가 자신의 존재를 버리고 더 나은 세상을 향해 날아갈 수 있는 나비로 탈바꿈한다는 것을 깨닫게 된다. 형이하학적인 존재에서 형이상학적인 존재로 나아가는 과정을 「나비의 행방」은 구체적으로 형상화하고 있다.

봄의 끝자락에서 우리는 깨달았다
어린 잎새 위에서 고물거리던
그 투실하고
아름다운 초록빛 벌레가
슬프게도
결국은 나비로 탈바꿈한다는 사실을

가을의 끝자락에서
아이야
초롱초롱한 눈으로
나비를 쫓지 말아라
우리는 아직 모른단다
나비가 날아갈 세상의 끝을

땅거미 진 초원에서
아이야
초롱초롱한 눈으로
나비를 쫓지 말아라
빛의 끝자락에서 녹아내릴
슬픔을
쫓지 말아라

-「나비의 행방」 전문

시인은 자신의 어린 시절을 가케루를 매개로 하여 떠올리
게 된다. 그 아이는 시인의 아버지와의 추억이 그대로 깨지

않기를 바라는데 이는 분명 나비가 어디론가 날아가 버릴 것 같아 두려운 심정과 유사하다. 그 나비가 날아갈 세상은 무궁무진한 꿈이 기다리고 있을 것이기에 애벌레 유년의 모습, 아니 더 성숙한 나비가 되어도 시인의 아버지 곁에 손자 가케루의 곁에 영원히 머물고 싶은 생각이 간절히 나타난다. 시인의 생각처럼 언제나 애벌레로 유년으로 머물 수만은 없다. 그런 자신에 대한 자책이 다음 시로 이어지고 있다.

> 우리 집에 고양이가 있다
> 오래오래 살고 있다
> 벌써 사십오 년이나 살았다
> 이사를 여섯 차례 했는데
> 그때마다 이삿짐에 숨어들어
> 칵칵 울면서 따라왔다
> 새로 살 집에서는
> 재빨리 자기 자리를 차지한다
> 침대 겸용 의자 위에서 몸을 웅크렸다 폈다
> 하품을 해대며
> 온종일 늘어져 지낸다
> 가끔씩 뜰에 나가
> 장미 꽃송이를 말끄러미 들여다본다
> 고양이에게 전화가 걸려온다
> 수화기에서 카랑카랑한 여자 목소리가 새어 나온다
>   쓰레기는 잘 치우고 있지?

너희 집 강아지 같은 남편 말이야

내 흉을 본다

나는 '으르렁' 하고 전화기를 향해 부르짖었다

　시(詩)가 뭐 어때서

　돈도 안 드는 취미인데

　그거야 그렇지만

나는 벌거벗은 채 어슬렁거리며

한쪽 다리를 들고 오줌을 누고

가끔 발정이 나면

밖으로 나간다

-「개 같은 내 생활—키니코스」 전문

　시인은 생활을 자책하며 고양이 같은 아내와 동거한 지 45년이 되었다. 이 고양이는 이사할 때마다 이삿짐에 몰래 숨어들었다. 고양이는 새로 이사한 집에서 자기의 영역 표시를 재빨리 하고 있다. 시인은 몰지각한 아내의 친구 전화를 엿듣게 되는데 직설적으로 '강아지 같은 남편'이라는 말을 듣는다. 수화기 너머의 카랑카랑한 목소리를 듣고 시인은 스스로 개가 되어 순간적으로 '으르렁' 하고, 아내는 그 소리를 들었는지 바로 꼬리를 내리고 있다. 재미있는 해프닝이 아닐 수 없다. '시가 뭐 어때서' '돈도 안 드는 취미인데' 등등 칭찬 아닌 칭찬을 해보지만 이미 상황은 이상한 쪽으로 전개되고 만다. 시인은 부끄러워할 겨를도 없이 밖으로 나가버린다. 아내만 믿고 살아온 시간들을 허무하게 무너뜨리는 전화 내용을 견디기가 힘들었을 것이다. 스스로를 위로하기 위한 수단은 있으므로 더한 상처를 서로에게 주느니 차라리 자리를 피해서 상처를 덜 받는 편이 낫겠다고 생각한다. 이런 자의식은 「청계천」에서도 나타난다.

청계천
아이의 거리가 증조부의 거리였던 시절
아이의 개울은 맑은 물이 흐르고
아이들은 나무통을 개울에 담가 마실 물을 길었단다
헤엄도 쳤어?
헤엄을 치거나 놀지는 않았어

한여름의 물놀이는 한강

봄날의 어머니와 누이의 빨래터는 한강

한겨울의 아이들 얼음지치기는 한강

처녀 총각이 언약하는 곳도, 죽는 곳도 한강
쪽배를 띄워 가무를 즐기는 곳도 한강

청계천은 입을 헹구는 개울

뇌를 수정으로 바꾸는 개울

청계천에 놓인 너른 다리에서

깊은 시름에 잠겨 있자니

노란 재킷에 파란 바지 초록 구두에 빨간 모자를 쓴 사내아

이가

총총걸음으로 이리로 걸어온다

으하하 나는 웃었다

알록달록한 아시아의

혼돈의 아시아의 한국 아이가 오는구나

으하하

아시아의 다이내믹한 세련미인가

으하하 목청 높여 웃었더니

와하하 웃으면서

배를 두드리며 아이가 다가온다

윽! 신음하며 그 아이를 보니

노란 재킷에 파란 바지 초록 구두에 빨간 모자

내 손주인 가게루, 아시아 속 혼돈의 아이

-「청계천」 전문

증조부가 거닐던 청계천의 물은 나무통에 담아 마실 정도
로 깨끗했으나 지금의 청계천은 그렇지 못하다. 변질된 한강
물이 서울 한복판으로 흐르고 있다. 관리들의 양심은 개발 논
리 속에서 부재중이다. 그리고 그 책임은 모든 국민들에게 있
다. '노란 재킷에 파란 바지, 빨간 모자를 쓴 사내아이가 하
하, 호호 웃으며 걸어온다.' 그 사내아이는 모던보이 손자 가

케루였으며 어릴 적 한강물과 청계천 물이 흐를 때의 순수가 오버랩된다. 갈등은 절정으로 치닫고 청계천의 지저분한 모습에 시인은 갈등한다. 변해버린 세월 앞에 허탈해서 울고 싶은데 쓴웃음이 저절로 흘러나온다.

인간과 우주는 연기적 관계를 형성한다. 우리의 삶에 필요한 원소들을 직접 만나게 되기까지는 적어도 그 무게 때문에 140억 년이라는 긴 세월 동안 별들이 진화할 필요가 있었다. 그래서 우주는 혼자 만들어지는 것이 아니었다. 일본과 한국이 지닌 필연적 연계성 역시 이와 마찬가지이다. 호소다 덴조 시인은 이 연계성 속에서 방황하고 갈등했다. 디아스포라는 그의 운명이었다. 그의 시적 소재는 일본과 한국, 두 나라 사이에 있었다. 아버지의 고향 강진에 대한 동경, 도쿄에 대한 연민 등이 그의 정서를 지배했다. 디아스포라의 배경에서 얻은 상징과 운율은 그의 시에 깊이 들어 있는 슬픔의 정서와 자연스럽게 이어졌다. '한국과 일본,' '시골과 도시,' '산과 바다,' '숲과 들,' '사람과 동물,' '과거와 현재'에 대한 이중적인 사색은 그의 정신세계를 풍요롭게 하였다. 시집 『골짜기의 백합』은 생의 원형과 존재의 근원을 찾아가는 진정성 있는 노력의 결과이다. 순수와 낭만을 아우른 유목의 언어들이 시인의 존재성을 영원히 지켜주기를 바라며 디아스포라의 시간여행을 마친다.

자유롭고 고독한

한성례

이 시집에는 어린 시간과 늙은 시간이 하나로 묶여 팽팽하게 대치하고 있다. 부드럽고도 단단한 싹을 틔워가는 시간이다. 과거와 미래가 한 선 위에서 나란히 달리는 듯한 감각이기도 하다.

언뜻 보면 캔버스의 밑그림이 피로 그려진 것처럼 보이지만 실제로는 고국도 핏줄도 이념도 아니며 더욱이 그리움도 아니다. 독자의 상상을 자극하고 감동을 주는 시, 그저 시가 있을 뿐이다.

호소다 덴조의 시는 고난하고 험난한 길, 때로는 신나고 즐거운 여행길에서 막 돌아온 여행자 같기도 하고, 집을 나가 오래 헤매다 돌아온 탕자 같기도 하다. 어느 쪽이라 해도 날개를 얻었고 자유롭다. 자유로워서 고독하다.

1943년생인 호소다 덴조 시인은 재일한국인으로서 살아왔다. 아버지 대에 일본으로 건너가 일본에서 태어났다. 그러므

233

로 피의 정체성이 뚜렷하지 않다. 뚜렷하다면 또 얼마나 힘들겠는가.

재일한국인들은 한국인이면서 일본인이다. 피를 받은 나라와 살을 받은 나라 사이에서 두 개의 모국이 존재할 수밖에 없고, 이는 애매하면서도 필연적이다.

손자 가케루를 애지중지하며 쓴 작품도 적지 않다. 시 속에서 가케루는 강력한 메타포로서 작용한다. 또한 가케루에 대한 무조건적인 사랑은 한국인의 피를 받아 일본인으로서 살아가야 하는 시인 자신과 가케루에 대한 넓고 깊은 시야이기도 하다.

비극이나 슬픔은 죄다 시적 유머로 재탄생해 있다. 언뜻 보면 아이들의 아기자기한 동화나 동시 같기도 하고, 쾌락을 추구하는 섹슈얼리티의 어른 잡지 같기도 한 시들로 가득하다. 그래서 시가 유쾌하고 재미있다.

호소다 텐조 시인은 65세 무렵부터 시를 쓰기 시작하여 2012년 69세에 출간한 첫 시집 『골짜기의 백합』으로 2013년 일본에서 가장 대표적인 시문학상 중 하나인 '나카하라 추야(中原中也)상'을 수상하였고, 두 번째 시집 『피터 래빗』 또한 '오노 도자부로(小野十三郞)상'을 비롯하여 일본의 여러 주요 문학상 수상 후보에 올랐다. 늦깎이로 등단해 곧바로 큰 상을 받는 경우가 이례적인 일이어서 일본에서 크게 화제를 모았다.

그는 어느 날 문득 못 견디게 시가 쓰고 싶어졌고 물이 샘솟듯 시가 솟아올랐다고 한다. 어쩌면 아주 어렸을 때부터 그의 내부에 시가 차근차근 쌓였다가 용암이 분출하듯 한순간에 폭발하지 않았을까 하는 생각이 든다.

최근 몇 년 동안 최동호 시인께서 이끄는 시사랑회와 일본의 나고야 시인들 간에 한일을 오가며 여러 차례 한일문학교류가 이어졌다. 그 과정에서 일본 측 책임을 맡아 온 무라사키 게이코(紫圭子) 시인이 시도 좋고 사람도 좋은 분이라며 호소다 덴조 시인을 소개해 주었다. 인연의 다리를 놓아주고 좋은 시를 번역할 기회를 만들어준 무라사키 게이코 시인께 깊이 감사드린다.

이 시집이 '만인의 손에 들리는 것보다 열 사람의 눈에 들기를, 만인의 입에 오르내리기보다는 열 사람의 가슴에 깊이 깃들기를' 바라는 마음이다.

이제 시 쓸 일만 남아 있는 호소다 덴조 시인의 건필을 기원한다.

호소다 덴조(細田傳造, HOSODA DENZO)

1943년 도쿄(東京) 출생. 가쿠슈인(学習院)대학 문학부 중퇴.

2008년 65세에 늦깎이로 시 창작을 시작하여, 2012년 69세에 출간한 첫 시집 『골짜기의 백합』으로 2013년 일본에서 가장 대표적인 시문학상 중 하나인 '나카하라 추야(中原中也)상'을 수상하여 일본에서 크게 화제를 모았다.

2013년에 출간한 두 번째 시집 『피터 래빗』 또한 '오노 도자부로(小野十三郎)상'을 비롯하여 일본의 여러 주요 문학상 수상 후보에 올랐다.

나카하라 추야상 심사의 말에서 "말이 갖는 현대 의식이 있고 독자의 마음을 파고드는 생생한 매력이 있으며, 참신함을 두루 갖춘 시다. 언뜻 보면 노인의 일상을 노래한 듯 보이지만 생과 사의 깊은 균열을 들여다보며 한국과 일본 사이의 갈라진 의식을 도톨도톨한 돌멩이 같은 언어의 감각으로 포착하였고, 일상적인 풍경에서 비일상적으로 또는 깊은 사고로 점프하거나 에로스의 외경으로 부드럽게 파고들어 나이를 뛰어넘는 젊은 언어의 세계를 창조해냈다"라고 심사위원들은 극찬했다.

시집으로 『골짜기의 백합』(2012년), 『피터 래빗』(2013년), 『유년시절』(2014년)이 있다.

할아버지의 고향은 전라남도 강진이며, 아버지 대에 일본으로 이주했다.

옮긴이 한성례(韓成禮)

1955년 전북 정읍 출생. 세종대학교 일문과와 동 대학 정
책과학대학원 국제지역학과 일본 전공 석사 졸업. 1986년 『시
와 의식』 신인상으로 등단했으며, 한국어 시집 『실험실의 미
인』, 일본어 시집 『감색치마폭의 하늘은』 『빛의 드라마』 등이
있고, '허난설헌문학상'과 일본에서 '시토소조상'을 수상했다.
   번역서로는 『한없이 투명에 가까운 블루』 『세계가 만일
100명의 마을이라면』 『1리터의 눈물』 『달에 울다』 『파도를
기다리다』 등 다수. 또한 하이쿠시집 『겨울의 달』, 시집 『7개
의 밤의 메모』 『우리별을 먹자』 『돌의 기억』 등 일본시인의
시집을 한국어로, 정호승, 김기택, 박주택, 안도현 등 한국시
인의 시집을 일본어로 번역하는 등 한일 간에서 다수의 시집
을 번역했다. 현재 세종사이버대학교 겸임교수로 있다.

지은이 : 호소다 덴조

1943년 도쿄(東京) 출생. 가쿠슈인(学習院)대학 문학부 중퇴.
2012년 69세에 출간한 첫 시집 『골짜기의 백합』으로 다음해 일본에서
대표적인 시문학상 중 하나인 '나카하라 추아(中原中也)상'과 『피터 래빗』
으로 '오노 도자부로(小野十三郎)상'을 수상하였다.
시집으로 『골짜기의 백합』, 『피터 래빗』, 『유년시절』이 있다.

옮김이 : 한성례

1955년 전북 정읍 출생. 세종대학교 일문과와 동 대학 정책과학대학원
국제지역학과 일본 전공 석사 졸업. 1986년 『시와 의식』으로 등단했으며,
한국어 시집 『실험실의 미인』, 일본어 시집 『감색치마폭의 하늘은』, 『빛의
드라마』 등이 있고, '허난설헌문학상'과 일본에서 '시토소조상'을 수상했다.

서정시학 세계 시인선 005

골짜기의 백합

2014년 10월 25일 초판 1쇄 발행

지 은 이 · 호소다 덴조
옮 김 이 · 한성례
펴 낸 이 · 최단아
펴 낸 곳 · 서정시학
편집교정 · 최진자
인 쇄 소 · 서정인쇄
주소 · 서울시 성북구 보문로 34길 39(동선동 1가, 백옥빌딩 6층)
전화 · 02-928-7016
팩스 · 02-922-7017
이 메 일 · poemq@dreamwiz.com
출판등록 · 209-91-66271

ISBN 978-89-98845-73-5   03830

계좌번호: 070101-04-072847(국민은행, 예금주: 최단아)

값 12,000원

* 잘못된 책은 바꾸어 드립니다.

이 도서의 국립중앙도서관 출판예정도서목록(CIP)은 서지정보유
통지원시스템 홈페이지(http://seoji.nl.go.kr)와 국가자료공동목록시스
템(http://www.nl.go.kr/kolisnet)에서 이용하실 수 있습니다.(CIP제어
번호: CIP2014029253)